겨울에 대한 감각

트리플

겨울에 대한 감각

12

TRIPLE

민병훈 소설

차례

007 겨울에 대한 감각

039 벌목에 대한 감각

067 불안에 대한 감각

095 에세이 당신을 통한 감각론

108 해설 감각을 위한 논리 — 박혜진

겨울에 대한 감각

소나무를 심었다. 백조라고 말했다. 이것은 겨울의 기억에 대한 글이 아니다. 소나무를 가방에 넣었다. 가르마가 삐뚤다. 그럴지도 모른다. 오래전부터 계획한 일이다. 이곳은 울타리에 둘러싸여 있고, 웅덩이는 그늘지다. 노래는 딱딱하게 여문다. 볼이 부었다. 과거에선 모두 친구가 됐다. 어두워지는 내부가 있다. 밝아지는 기억이 있다. 피부를 까맣게, 소나무는 백조에게. 초록 덤불에 파묻힌 앨범을 펼친다. 앨범에 펼쳐진 초록 덤불을 본다. 치마의 무늬는 다채롭고 어머니가 앉아 있다. 색이 많을수록 기억이 뚜렷해진다. 보름달. 노루.

노루의 까만 눈과 붉은 수면. 붉은 수면에 비치는 지금. 매일 밤, 나무 아래 앉아 있는 꿈을 꿨다. 어머니와 노루는 한곳을 바라본다. 나는 반박할 수 있는 경험을 만들었다. 그것들은 대체로 집으로 돌아온다. 길게 늘어선 인물들. 계속해서 일관된 빛으로. 지속되는 색으로. 덤불 속에서 이곳을 바라보는 인물들의 표정은 대부분 아침이다. 하반신이 물에 잠길 때 솟아나는 미래의 한 장면. 보름달이 뜬다. 머리가 자꾸 노란색으로 물든다. 선베드에 누웠다. 나를 떠올리지 못했다. 비어 있는 파라솔이 보인다. 프레임에 꽉 찬 파라솔이 보인다. 소풍을 가지 않았다. 수박을 반으로 잘라 나눠 먹고, 다시 물가에 앉은 백조처럼 얼음으로 뒤덮인 강가에 갔다. 소나무를 빙빙 돌며 춤을 췄다.

그림 앞에 멈춰 서기

낙엽을 밟고 지나가기

가족이 지나간 자리에 홀로 앉아 중얼거렸다. 개울물이라고. 혼잣말을 했다. 부엌과 마당이 분주해지면 해진 점퍼를 입고 멀리 갔다. 혼자 걷고 싶었다. 회색으로 물든 눈밭을 발이 푹푹 빠지도록 걸었다. 둥그런 무덤에 기대 잠들었다. 어지러웠다. 꿈을 꾸지 않았다. 나는 잃어버리고 있었다. 어딘가를 빙빙 돌며 맴돌고 있었다. 가끔 기쁜 일이 있었지만 얇은 잠에 취해 낯선 계곡을 찾아가면 골짜기는 점점 깊어지고 숲에 사는 동물들이 가깝게 다가왔다. 도착지를 알면서 배회했다. 어디로 향한다는 사실이 나를 더욱 물에 잠기게 했다. 무대에 올라 서로 다른 동작으로 객석을 바라보면 그 시절이 영원할 줄 알았다. 샹들리에의 불빛. 모두 합창하는 캐럴송. 볼과 볼이 닿았다. 우리는 검게 물든 구름. 밤은 낮의 그늘이 아니었고, 종종 눈이 내리지 않았다. 눈을 기다리지 않았다. 연못에 가지 않았다. 먼 옛날 이야기로 돌아가지 않았다. 가방을 던져두고 친구들을 만나지 않았다. 여러 풀잎으로 구성된 숲에 앉아 골목에 그린 그림을 떠올리지 않았다. 책상에 낙서하지 않았다. 시신경으로 확장되지 않았다. 오리를 부르지 않았다. 모래사장에 드러누워 기지개를 켜지 않았다. 삽을 들지 않았다. 이국을 잊을 것이다. 첫 페이지도 넘기기 힘든 이야기를 듣지 않았다.

앨범 속 사진들을 다시 배치하기

소나무

두드림

인적 없는 숲길

너는 잠에서 깨어나 밤새 가라앉았던 감각이 돌아오길 기다린다. 낮은 천장과 먹색으로 도배된 벽지를 보며 이곳이 낯선 이국의 방이라는 사실을 깨닫는다. 발코니에 서서 사진과 영상에서나 봤던 양식으로 건축된 시가지의 건물들을 바라보며 예전 일들을 떠올린다. 누가 곁에 있었고, 주로 무엇을 했으며, 어떤 곳에 있었는지, 떠올리지만, 위상으로 겹쳐진 시공간 속에서 너는 희미함을 느낀다. 건물 외벽을 타고 옥상으로 향하던 도마뱀이 방으로 들어온다. 눈을 깜빡거리며 천장으로 몸을 돌린다. 너는 별다른 행동을 취하지 않는다. 바람이 세게 분다. 커튼이 휘날리며 목덜미를 스친다. 호스텔 왼쪽 골목에서 달려 나온 아이가 호스텔 오른쪽 골목으로 향한다. 크고 귀여운 개가 있다. 아이는 크게 웃는다. 수업은 이미 시작됐을 것이며 너는 하루쯤 다른 곳에 가볼까 생각한다. 가고 싶은 곳이 생각나지 않는다. 다시 잠드는 편을 택하는 것도 좋겠지만 날씨가 너무 좋다고 느낀다. 등을 편다. 호스텔 오른쪽 골목에서 트렁크를 발로 차던 사람이 개를 보고 소리친다. 아이의 손을 잡는다. 개는 난감하다. 벽 사이로 틈이 있다. 너는 틈을 멍하니 쳐다본다. 집으로 돌아가고 싶을 때마다 하는 행동이 아니다. 로비 중앙에 크리스마스트리가 있다. 울어도 좋다. 비누에서 머리카락을 떼어낸다. 뚜벅뚜벅 걷는다. 지난겨울을 생각하며 이를 드러내고 웃는다. 나무들이 움직이고 있다. 나무들을 따라간다. 외국인에게 인사한다. 검은 고양이가 졸졸 따라온다. 귀를 닫고 싶다. 고양이는 담벼락을 넘어 시야에서 사라진다.

지금 몇 시지? 밥을 먹다 남겼네 조금만 있다 가면 안 될까 자꾸 떠오르는 것 같아 빗방울마다 하나씩 기분이 있더라고 토할 것 같아 그 접시 이리 줘 나가서 물을 좀 사 올까 집에서 연락이 왔는데 아무 말도 안 했어 내일은 다른 사람들을 부를게 그래도 될까 안에 누구 계십니까 초인종 고장 나지 않았어? 옆집이야 아니야 예전에 주워 온 소파에 기대고 있으면 편해 편한 자세를 누가 알려줬는데 계십니까 나는 지금도 옛날이면 좋겠다 어디서부터 어디까지라고 정해주면 좋겠어 책에서 꺼내는 것도 방법이겠지 말 같지도 않은 소리 그만하고 문이나 열어줘 자꾸 두드리잖아 새벽에 누가 오는 건 너무 무서워 문 앞에 네가 서 있을 수도 있어 키가 작아 여기선 잘 안 보여 네가 뭔데 문을 잠가뒀어 조용해진 거 보니까 돌아갔나 봐 혼자 있을 때도 이런 상상 자주 해? 누가 오는 순간을 말하는 거야? 이 시간에는 창문을 열어야 돼 현관문은 잘 단속하고 몇 시인지 모르면서 창밖에 눈 내리는 풍경 내내 밝은 가로등 라디오 주파수를 적어둔 메모지 테이블보를 타고 흘러내린 기억들 몸을 숙이고 엎드린 채로 바라보면 다시 그곳에서

사진들을 뒤섞기

신발 한 켤레가 불현듯 이곳으로 떨어지고

물론 돌아가고 싶다는 말은 아니었어요. 동그랗게 빙빙 도는 행렬을 좋아합니다. 친구들과 가족, 아니면 언젠가 마주친 사람들이 내게 손짓하고 있잖아요. 나는 노루를 좋아합니다. 노루를 닮은 사슴과 다른 동물들도 특별해요. 축복받고 싶어요. 오래도록 길어지는 밤을 맞이하면서 창문에 비친 세계가 점점 가까워지는 중이에요. 고개를 드니 파란 달이 떠 있네요. 조금 더 말해볼게요. 꿈에서 나를 깨운 목소리에 대해서요. 여기 얼음을 겨냥하는 총이 한 자루 있어요. 정확히는 얼음 안에 결정結晶된 균열을 조준합니다. 세계는 나로 인해 호흡해요. 늘 맛있는 음식을 먹고 있어요. 차가운 음식이요. 나는 어떤 집 아이로 태어났을까요. 크면서 연락이 끊긴 그 애는 외국인 같았어요. 우리가 어떤 언어로 대화를 나눴는지 기억이 나지 않아요. 그런데도 대화를 많이 나눴습니다. 가장 붉은 아침이 시작될 때마다 아이들은 다투지 않고, 화해하기 위해 서로의 이름을 부르지 않고, 숲에서 기다리지 않아요. 아이들은 나뭇잎을 한데 모아 불을 피웁니다. 마술적인 연기를 바라보며 앞으로 살게 될 세상에 대해 의문을 갖지 않아요. 아이들은 아이들처럼 말합니다. 한 아이가 달리면 다른 아이들이 걷고 다른 아이들이 달리면 한 아이가 집으로 돌아가죠. 아이들은 낙엽을 밟고 뛰다가 그림 앞에 멈춰 섭니다. 주머니에서 사진을 꺼내요. 검은 얼룩이 발자국처럼 새겨져 있어요. 어른을 부르지 않아요. 아이는 울지 않아요. 아이들은 흔적을 남기지 않아요. 백조를 기다립니다. 호숫가에서 이리로 날아올 거라고 생각하며 하늘을 보고, 아이는 종이를 펼쳐 이야기를 적어요. 아이의 머릿속이 두껍게 깎이고 있어요. 아이는 호흡을 가다듬는데 입에서 쉿 소리가 납니다. 아이는 가보고 싶은 나라의 이름을 적고 싶지만 들어본 곳이 없어요. 책에서 본 적도 없고요. 아이는 아이들에게 물어보지만 모두 고개를 가로젓고 아이는 주저합니다.

수영장 벽면과 타일, 물 냄새, 줄지어 서서 청소 도구를 챙기는 인부들, 서울, 삿포로, 발코니에서 떨어질 듯 위태로운 화분, 건물 외부에 만들어진 계단, 청소부에게 말을 거는 회사원의 가방에서 지하철 플랫폼까지 이어지는 형태, 직선과 모서리로 형성되는 시선, 프레임에 꽉 찬 파라솔을 접고 귀에 이어폰을 꽂은 채 어릴 적 자주 들었던 노래를 재생하면 음악이 아닌 빗소리가, 거리감이 사라진 사거리의 건물들이 점점 좁게 가까워지며, 청계천에서 조금만 걸으면, 핫사무강에서 조깅하는 외국인이 반갑게 손을 흔들지만 반응하지 않고, 나의 자연과 당신의 자연만이 그곳에. 나는 다시 걷기 시작했다. 슈퍼마켓과 공원을 지났다. 바람이 심했는데 아무것도 날아가지 않고 잠잠했다. 사진들이 출렁이고 있었다. 아는 길이 이어졌다. 모두 박수를 치고 있었다. 나는 희미해지지 않았다. 수영장과 무덤이 겹쳐졌다. 계단과 우물이 겹쳐졌다. 팔을 벌려 균형을 잡았지만 자꾸 비틀거렸다. 수도꼭지를 열어뒀다. 나는 잠깐 동안 분명했다. 집에 가도 좋다고 말했다. 기억은 나를 모르는 장소로 산책시켰다. 조금씩 가벼워졌다. 콧잔등이 시큰했다. 그림자로 얼룩진 유리창에 금이 갔다. 나는 반박할 수 없는 경험을 만들었다. 덤불 속에서 이곳을 바라보는 인물들의 표정은 대부분 새벽이었다. 색이 많을수록 기억이 뚜렷해졌다. 눈을 기다리지 않았다. 책상에 낙서했다. 축구공 하나가 굴러다녔다. 그림 앞에 멈춰 섰다. 가끔은 기쁜 일이 있었다. 가족과 어깨동무를 하고 찍은 앨범이 천천히 떠올랐다. 한복을 입지 않았다. 연못에 빠지지 않았다. 나뭇잎을 살에 대고 문지르는 것처럼 어른이 됐다고 생각했다. 꿈에서 고요했다. 슈퍼마켓과 공원과 망상을 지났다.

언덕을 오르고 있었다.

백조라고 말했다.

1955년 겨울
아버지의 생일

2005년 여름
아버지의 기일

스스키노 거리에서 하늘을 올려다보면 눈송이가 아닌 이름 모를 도형들이 흩날린다.

운하에서 사진을 찍었다. 미끄러지지 않기 위해 서로를 붙잡은 사람들이 카메라를 건넸다. 그들의 몸 대신 자연스럽게 배치된 풍경을 찍었다. 썰매가 도로에서 뒤집어졌다. 가냘프다고 생각했다. 어머니는 안부를 전하는 대신 머리가 너무 아프다고 말했다. 혹시 모른다고 바뀐 현관문 비밀번호를 문자로 알려줬다. 일주일 동안 눈이 그치질 않았다. 잠에 들기 전 벽을 몇 번 두드렸다. 다음 날 문 앞에 빈 병이 놓여 있었다. 진지해지지 않으려고 좋은 일을 앞둔 사람처럼 굴었다. 마지막 열차가 동네를 지날 때면 발코니에서 소리를 질렀다. 매일 음식을 먹고 매일 음악을 들었다. 동상에 걸린 사람을 만났다. 제대로 바라보지 않았다. 난로를 배달하다가 넘어진 사람을 만났다. 기름에 전 옷을 받아 세탁소에 맡겼고 찾아오지 않았다. 마스크에서 처음 맡는 냄새가 났다. 종종 꿈에서 벗어났다고 생각했다.

겨울이 왔네, 말하지 않았지, 흑백으로 현상되는 하루가 어제 같고, 반복 같을 때, 겨울에 죽은 사람들을 떠올렸다. 눈 쌓인 묘비 앞, 흔들리는 향초 연기, 단어로만 남은 대화가 많았지. 너는 겨울에 태어났고 태어난 날 너무 추웠다고 말했지. 무슨 수로 기억하느냐고 묻자 인터넷에 검색을 해봤다고 말했다. 기록적인 한파로 한강이 얼고 사고가 많은 날이었지. 너는 한강과는 거리가 먼 지방에서 태어났고 사고를 겪은 일이 없었다. 한 번의 사고와 한 번의 죽음. 더운 나라로 여행을 가자고 버릇처럼 말했지. 갈 수 없었지. 창밖으로 몇 개 남지 않은 낙엽이 흔들리고 있었다. 케이블카에 앉아 산을 오르면 스키를 타는 사람들이 너를 향해 손을 흔들었지. 야경을 담기 위해 카메라를 꺼냈고 낮은 구름 사이로, 바다부터 시작된 생경한 기분이 둘 중 하나를 울게 만들었다. 하산할 때는 아무런 대화도 나누지 않았지. 그만두는 법. 새로 시작하는 법. 너는 묻는 대신 사라졌지. 겨울만 되면 너의 죽음을 구체적으로 떠올렸다. 아니면 겨울이 구체적으로 느껴졌지. 동상에 걸린 사람을 본 적이 있다고 네가 말했다. 발가락 중 하나가 단단하게 얼어 파란빛으로 변해갔다고 네가 말했지. 그렇게 변할 때까지 뭘 했느냐고 묻자, 동상에 걸린 사람도, 너도, 다른 사람들도 전혀 몰랐다고 말했다. 산을 타지도, 강에 빠지지도, 냉동 창고에 갇힌 것도 아니었지. 그 이후의 일에 대해선 말해주지 않았다. 빙어는 이름이 별로야. 방어, 붕어, 병어도 아니고. 빙어는 잡은 그 자리에서 먹어야 맛있지. 맛있었니. 저수지에서 빙어를 잡던 사람은 너뿐이었지. 그런 건 근처 시장에서 충분히 살 수 있다고 들었다. 빙어. 방어, 붕어, 병어도 아닌 빙어. 수면을 덮은 얼음. 얼음의 두께. 서서히 갈라지며 발생하는 선의 균열을 상상했지. 여기 얼음을 겨냥하는 총이 있다면. 그리고 소리를. 횟집에 가지 않았지. 횟집에 가지 않는 이유에 대해 묻는 사람에게 대답하지 않았다. 따지고 보면 아무런 상관이 없지. 상관. 연관. 한없이 생각하면 모두 연결된 것처럼 보였다. 그런 걸 끊어내기엔 계절이 제격이었지. 한 계절에 오래 머무르는 상상을 했다. 오래 머무른 것처럼 시간이 지났지. 겨울이 왔네, 말하지 않았지.

    집에서 부적 챙겨 가라고 전화 왔어
    너희 집 종교 있어?
    큰외삼촌은 목사고 작은외삼촌은 그거 비슷한 거야
    티스푼을 왜 여기에 꽂았어
    감전당하려고
    그런 말 하면 진짜 재수 없어지는 거야
    비싸다고 하던데
    방생하는 거랑 비슷해
    사실 나도 잘 몰라

돈 주면 내가 그려줄게

옷이나 사서 입어

왜 죄다 한문일까

그림도 있어

부적을 어디에 둬야 할지 모르겠어

들으니까 지갑이 제일 적당해 보이긴 해

어제 다녀간 사람이 알고 보니까 국제소포를 맡겼더라고

경비실에?

안 열어 봤어 예전에 여기 살던 사람 같은데 어떤 이름인지 읽지를 못하겠네 겉으로 봐선 그림 같아 배접도 엉성하고

그냥 두면 반송하겠지

근데 이미 그림을 본 것 같네 포장지를 안 뜯어도 여기 뒀던 포크 봤어?

반대편에 있는 건물과는 10미터 정도 거리가 있다. 일차선 도로에는 마을버스가 20분마다 운행되고 승객은 대개 밤에나 드문드문 볼 수 있다. 대부분 창문에 기대 지친 표정으로 입김이 서린 자신을 바라본다.

그는 오늘도 사무실에서 등을 보이고 있다. 매일 하얀 셔츠를 입고 가끔 외투를 걸친다. 창문이 반쯤 블라인드에 가려 어깨 위로는 보이지 않는다. 그의 등은 반복적으로 굽었다가 세워진다. 함께 마을버스에 탄 적이 있다. 당연히 인사를 나누지 않았다. 그는 종종 혼자 사무실을 지킨다. 정말 뭔가를 지키는 사람처럼 자주 서서 등을 보이고 있다. 사무실에 있는 사람. 등을 보이는 사람. 지키는 사람. 그가 창문을 열 때 나는 자리를 피하지 않는다. 매번 눈을 마주쳤다고 느낀다. 창문을 연 뒤에는 창가 가까이에서 컵을 들고 티스푼을 휘젓는다. 빠르게 마시고 다시 창문을 닫는다. 그를 따라서 커피를 마셨지만 며칠 가지 않고 관뒀다. 이제 부서 이전으로 곧 자리를 옮겨야 한다. 새로 쓰게 될 사무실은 건물 제일 꼭대기 층에 있다. 그곳에서는 보이지 않을 것이다. 그는 언젠가 건물 밖으로 나와 흡연 금지 스티커를 붙였다. 그러곤 그 앞에서 담배를 피웠다. 아무도 지나가지 않았다. 하얀 연기가 스멀스멀 위로 향하다 그가 열어놓은 창문 사이로 스몄다. 그는 다시 스티커를 정성스레 붙였다. 며칠 뒤 도로를 건너 건물 앞으로 갔다. 스티커의 모서리 부분을 조금 떼어냈다. 스티커는 시간이 지날수록 밖으로 돌돌 말렸다.

　　이제 그만하라고 말하네 나는 아직 할 말이 남은 것 같은데 창밖으로 고요하고 조심스럽게 시련이 흐르고 솔직하게 말하면 솔직한 태도로 솟아나는 사람들의 예민함과 명분과 이유가 잘못 입력한 전자음으로 뾰족하고 메시지 다이얼 물방울 스네어에 따라 까닥거리는 구두 새벽에 한강을 건널 때 쏟아지는 풍경 속에서 횡단보도가 위아래로 넓어지는 중 밝아지는 중이며 과속방지 카메라의 주기적인 반짝임은 택시를 대교 아래로 위치를 기록하고

　　왜 자꾸 아팠을까

　　아픈 건 물살의 뒤척임으로 표지판이 구겨지면서 점선 틈틈이 면이 넓어지네 회상을 미리 꺼내지 말기 분위기를 이어가기 전광판 아래 쌓인 술병은 기포에 따라 쓰러지고 산맥 너머 시선이 닿지 않는 곳으로 흘러넘치는 눈밭을 상공에서 바라볼 때 예상하는 순간과 미래라는 패턴 하얗게 덧칠한 석상을 버스로 지나며 보고 있

으면 졸음 속에서 뚜렷해진 다음 감각에서 시작하는

    공항에 있었어요. 출국심사를 기다리는 건 나 혼자였습니다. 모두 마스크를 쓰고 눈빛으로만 나를 안내했어요. 나는 꽤나 멀리 가는 줄 알았습니다. 우리는 꼼꼼하게 절차를 밟았어요. 처음인 것처럼 서툴렀고요. 가방 주머니가 찢겨 물이 줄줄 흘렀습니다. 세관 직원은 자기 신발이 젖는 줄도 모르고 내게 팔을 벌리라고 했어요. 종아리가 젖을 즈음에야 엄지손가락으로 뒤로 가리켰어요. 화장실에 들러 변기에 앉아 신문을 꺼냈습니다. 신문에 적힌 날짜가 계속 바뀌었지만 신경 쓰지 않고 볼일을 봤어요. 손을 씻고 나가려는데 누군가 불러 세웠습니다. 백조가 새겨진 옷을 입은 사람이 소곤거리듯 가방에 소나무가 있는지 물었어요. 정말 싫은 타입이에요. 남에게 미래를 묻다니요. 차마 거짓말을 할 순 없어 고개를 가로저었습니다. 거울에서도 물이 흘러 화장실 전체가 잠길 지경이었어요. 백조 옷을 입은 사람은 먼저 저만치 달려 나갔어요. 물에 비친 제 모습을 봤는데 머리가 샛노랗게 변해 있었습니다.

    흡연실 자동문이 열리면서 누군가 손을 흔들었

죠. 안으로 들어오라고요. 처음 듣는 외국어로 주절주절 말하며 침을 뱉었습니다. 이상한 사람은 피하라고 배웠지만 눈을 보니 그런 것 같지는 않았어요. 나는 그의 말을 알아듣고 싶었습니다. 제설차가 눈 내린 활주로를 제자리로 돌려놓는 동안 쉬지 않고 떠들더니 목이 마른지 내게 있던 물통을 낚아채듯 빼앗아 갔어요. 나는 다른 것도 주고 싶었어요. 하지만 손에 든 건 물통뿐이었습니다.

어느 순간 흡연실에 사람들이 가득 찼어요. 어깨가 닿을 만큼 비좁아져 옴짝달싹하지 못했습니다. 현기증이 일어서 의자에 앉고 싶었지만 빈자리가 보이지 않았어요. 안내 방송이 울리더군요. 폭설로 인해 모든 일정이 미뤄진다고요. 캡슐호텔 프런트가 소란스러웠어요. 공항 전체가 눈에 잠기는 상상을 했습니다. 꽁꽁 얼어 결정으로 남는 장소가 되면 어떨까요. 눈발이 조금 잠잠해지길 기다렸습니다. 누구에게든 말을 걸기 위해서요.

우산과 우산 사이를 지나는 눈송이를 따라 동시에 마주 보는 사거리에 모인 사람들

바다 위에서 몇 시간 동안 한 방향으로만 도는 철새들이 있었다. 버스를 기다리는 할아버지는 회오리 같다고 자전거에서 막 내린 누구는 오래 보지 말라고 말했다. 목욕탕 문 닫는 시간에 맞춰 조금 시끄러웠고 셔틀버스가 주차장을 빠져나가면서 덜컹거리자 마스코트에 덧칠한 잉크가 발 앞에 떨어졌다. 가까이서 들리는 기적 소리. 물티슈를 꺼내 서로의 가방을 닦아주다가 저녁 시간에 예약한 식당이 갑작스럽게 폐점 안내 문자를 보내 조금 허탈했다. 사실 아무렇지 않았는데 산 중턱에서 아래를 바라볼 때 카메라에 들어왔던 물범들이 떠올라 이 나라가 지도에서 영원히 사라지면 좋겠다고 생각했다. 생각만 할 뿐 입 밖으로 꺼내지 않아 잠들기 전 다시 그것들이 사건이 아닌 이미지로 선명하면 어떨까 버스 문이 열리는 동안 스스로에게 물었다. 옆에서 병신 같다고 할까 봐 온 신경을 바다로 쏟으며 미리 추억하는 척했다. 자신에게 선물하는 사람들이 종종 이상해 보이지 않느냐고 내릴 때까지 대화를 나누다가 아무래도 잘못 내린 것 같아 코트 주머니 안에서 손잡은 고등학생들에게 조심스럽게 물어봤는데 역까지 안내해줬다. 가는 동안 그들의 뒷모습을 잠깐씩 바라봤고 그림자에 섞인 마트 간판 불빛이 점점 진해졌다. 우체통에 앉은 까마귀가 불현듯 날아올라 역에 모여 배낭과 트렁크를 점검하는 여행객들의 머리를 쪼아댈 기세로 위협했다. 학생들에게 가방에 있던 키링을 건넸지만 사양했고 그렇게 구린 선물을 하느니 인사나 제대로 하라고 옆에서 말을 하는 바람에 넷 모두 그 순간만큼은 즐거웠다. 손을 흔들며 멀어지는 그들이 훗날 아득한 회상으로 재생되면 슬플 것 같아 서둘러 보관함으로 뛰어가 짐을 찾았다.

등대에 오른 어머니는 시선을 최대한 멀리 던지며 한동안 서 있었다. 바람이 세게 불어 샌드위치를 파는 트럭 주인이 펄럭이는 천막을 진정시키기 위해 시야에서 계속 아른거렸다. 파고 높은 바다가 처음 보는 자연처럼 느껴졌다. 날씨가 좋았으면 다른 곳에 갔을 거야. 계단을 막 오른 다른 일행이 숨을 고르며 말했다. 우리는 첫날보다 대화가 줄었지만 그런대로 많은 곳을 구경했고, 어쩌면 처음부터 이런 여행이 될 거라는 사실을 알고 있었다. 갑자기 말이 끊길 때 서로에게 허둥대는 모습을 기다렸을지도 모른다고 생각했다. 등대에서 이제 그만 지상으로 내려가라는 안내 방송이 나왔다. 목소리가 뚝뚝 끊겨 불안한 일을 말하는 사람처럼 들렸다. 숙소로 가는 차 안에서 겨울 태풍이 가깝게 오고 있다는 라디오 뉴스를 들었다. 밤새 발코니가 떨어져 나갈 것처럼 바람이 불었다. 로비에 있는 하나뿐인 자판기에 기대 긴 시간 방으로 들어가지 않았다. 어머니는 잠들지 않고 기다렸다가 아마도 장염에 걸린 것 같으니 해가 뜨면 일정을 취소하자고 말했다. 나하에서 구입한 기념품들이 캐리어에 가득했다. 돌아가면 모든 게 제자리로 돌아올 것 같았다. 여긴 너무 여름 같아서 별로다. 그래서 북쪽으로 가자고 했는데. 어머니가 잠들기 전까지 옆에서 TV를 봤다. 곧 눈이 그치고 출국 예정일부터 날씨가 좋아질 거라는 예보가 나왔다.

기도. 기도를. 기도를 하기 위해. 기도를 하기 위해 병실로 들어온 그는. 갑자기 나타나. 평안과 회복을. 바라는가. 바랐는가. 아직 약 기운이 남은 채로. 너는 왜 눈을 감는가. 기도를 해본 적이 있는가. 누구에게. 무엇에게. 겁이 없다고 말하지 않았는가. 너의 손을 잡은. 힘줄이 돋아날 정도로 꽉 잡은. 팔꿈치까지 접힌 닳은 옷

소매가. 너를 평안하게 만드는가. 이제 평안하게. 맡길 수 있는가. 몸에 연결된 호스들을 이제 하나씩 뗄 수 있는가. 그의 기도가. 그의 말이. 마주 잡은 손이. 느껴지는가. 기도는 언제 끝나는 건가. 정해진 시간. 정해진 문장들이 있는가. 자리를 계속 지켜야 하는가. 이 기도가 너의 언 몸을 녹일 수 있는가.

나는 최대한 먼 곳과 먼 시간을 떠올린다.

병상 아래 떨어진 누렇게 바란 반창고를 바라보면서.

6인실 병동 새벽 수술을 앞둔 환자가 수술실로 이동하는 동안 6인실 병동 담당 간호사는 시트 정리를 다시 시작하며 커튼식으로 만들어진 파티션에 묻은 피를 다른 환자가 보기 전에 재빠르게 팔이 빠지도록 닦았다. 그러다 침대 아래 낯익은 무늬로 물들기 시작한 햇살에 지난날 황금빛에 가까웠던 잊고 지낸 기분을 느끼며 시트까지 번진 핏자국을 이제는 손바닥으로 문질렀고 신체 일부가 얼었던 병력에서 이렇게 피가 흐른 적이 있는지 실습 시절 강의실 앞자리 책상 위에 적었던 낙서가 물렁물렁한 기억으로 있었다. 앨범 앞에 멈

취 서기. 졸업생 주소록의 한 페이지를 오래도록 외울 기세로 눈을 가까이 대자 문득 한 이름이 이곳으로 링크되고 위인 동상 근처에서 서성이며 우물쭈물한 기억도 있었다. 기억이 쏟아지는 기분이 답답했다. 취사실에서 남몰래 쭈그리고 앉아 울던 동료의 어깨를 두드렸을 때 옷에서 달고 매운 냄새가 났다. 슬리퍼가 찢어져 맨발로 걷는 환자와 복도에서 인사했다. 새 시트를 꺼내는 동안 안대를 낀 아이들이 다녀갔고 다급하게 간호사를 찾는 외침에 다시 복도로 나갔지만 텅 비어 있었다. 얼마간 자주 겪은 환청이라고 스스로 진단하며 가슴을 쓸어내렸는데 비명처럼 선명해지는 소리에 시트를 바닥에 떨어뜨리고 병실로 달려갔다. 하얀 간호복에도 어느덧 피가 번져 다른 간호사들이 주의를 줬다.

너는 고양이가 사라진 담벼락에 서서 셔틀버스를 기다린다. 시계를 본다. 다음 수업이 이미 시작됐을 거라고 생각하자 마음이 편해진다. 버스가 멈춰 선다. 기사는 잠깐 어리둥절한 표정을 짓다가 고개를 까닥 흔든다. 차창 쪽에만 몇몇이 앉아 있다. 버스에 오른다. 파올라가 보이지 않는다. 너 어디야? 메시지를 보내는 사이 버스가 출발해 잠깐 비틀거린다. 히터를 틀지 않아 입김이 짙어진다. '케이팝 댄스 대회 예선. 옷을 안 가져와서 구경만 함.' 파올라가 보낸 문자에 답장을 하려고 몇 줄 쓰다가 지운다. 타이어에 체인을 두른 차들이 지나간다. 차창에서 물이 흐른다. 교정을 지나는 동안 아는 얼굴들이 보여 인사한다. 그들과는 서로 떠나온 나라에 대해 대화를 나누지 않는다. 언젠가 국제소포로 받은 인스턴트 음식을 나눠 줬는데 포장 그대로 버려진 것을 보고 그다음 달에도 불러 다시 나눠 줬다. 핫팩은 유용하지 않았을까, 너는 생각한다. 핫팩을 앞뒤로 붙이고 잠들었다가 화상을 입은 파올라는 꿈에서 불에 타고 있었다며 기적의 아이템이라고 말했다. 너는 강의실로 곧바로 가지 않고 건물 뒤로 간다. 가방에서 묘목을 꺼낸다. 땅을 파내는 동안 손톱에 흙이 잔뜩 낀다. 수시로 주위를 둘러본다. 나무를 심고 무릎에 묻은 흙을 턴다. 강의실 복도에서 마주친 교수에게 꾸지람을 듣는다. 게시판에 붙은 포스터를 힐끗힐끗 본다. 유학생은 전원 참석하라는 공지 문구가 적혀 있다. 너는 한 번도 그런 자리에 가본 적이 없다. 파올라는 그런 건 밤마다 베개에 질질 짜는 애들만 가는 거라고 말했지만 그래놓

곧 거의 매주 참석했다는 사실을 알고 있다. 점심시간. 짧은 알람 소리. 일찍 하교하는 학생들. 너는 강의실 앞자리 책상에 앉아 낙서를 한다. 친구들의 이름이나 동물의 이름을. 쓰기. 지우기. 다시 적기. 그리기. 지우기. 새기기. 너는 수업이 끝나면 시내에 들를 계획이다. 스카이프 장비를 알아보고 시간이 남으면 사람들이 제일 많이 모인 곳으로 갈 생각이다. 그곳이 어딘지는 떠오르지 않는다. 칠판에 도형들이 그려져 있다. 교수는 분필 가루가 묻은 손가락으로 머리카락을 매만진다.

사진들을 뒤섞기

신발 한 켤레가 불현듯 그곳으로 떨어지고

계속 잊을 겁니다. 기억이 아니어도 잊을 수 있어요. 등 돌린 채 신문을 읽는 저 사람을 본 적이 있습니다. 마스터가 가게를 맡기고 나간 사이 몰래 노트를 펼치다 나와 눈이 마주쳤어요. 꽤 오래전부터요. 어부들이 떠난 언덕 위의 집은 또 어땠습니까. 합판으로 굳게 못 박아둔 그 시절을 당신은 어떤 방식으로 말할 수 있습니까. 돛이 자꾸 부러졌어요. 식기는 전부 뒤집어진 모습입니다. 바다가 없는데, 설원의 발자국들은 어쩐지 해안으로 향해 있었어요. 비단 양탄자가 깔린 화장실을 보곤 배꼽이 빠져라 웃었어요. 웃기잖아요, 금으로 수놓은 손잡이가요. 해안가에 파란 깃발이 꽂혀 있습니다. 바람과는 반대 방향으로 펄럭이면서 자꾸 어딘가를 가리켜요. 오라는 걸까요, 가라는 걸까요. 공중전화 부스 안에서 잠든 사람을 깨우다가 밤이 오고야 말았어요. 집으로 데려가 거실에 모인 사람들과 함께 영화를 봤습니다. 한 아이가 누워 있는 아이를 깨우는 영화였어요. 빗자루를 들고 나가 골목에 길을 만들었죠. 마지막 낙엽이 떨어졌어요. 하얀 건물에 이끼가 꼈고 좋은 꿈을 꾸는 것 같았어요. 백화점에선 아무것도 사지 않았습니다. 대신 캐릭터가 그려진 카드로 게임을 하는 사람들 옆에서 그들의 입 모양과 손짓을 살폈어요. 링 위에 오르면 박수갈채를 받았는데 시시하다고 생각할 즈음에야 손에 카드를 쥐고 있었죠. 시간이 계속 흘렀어요. 내 의지에 따라서요. 화창한 날 호수 수면으로 눈이 녹는 순간을 던지듯이 생활했어요. 허벅지살이 텄고 보라색으로 물들었습니다. 아버지는 빙벽에 올라 위태로운 자세로 아래를 내려다봤어요. 썰매장으로 연결된 수도관이 얼어 고무주머니에 뜨거운 물을 담아 갔죠. 손을 흔들었어요. 아이들은 오전보다 빨리 썰매를 몰았습니다. 썰매 아래 스케이트 날이 얼음 표면에 불규칙한 무늬로 흠집을 냈어요. 위에서 바라보면 어떤 모습이었을까요. 제멋대로 엉킨 실타래 같았을까요. 왜 손을 놓고 흔들었던 걸까요.

방금 되게 나노 단위로 흩어지는 것 같았어 얼굴이? 아니 감각하는 이런 순간과 기분들이 뭉쳐서 취할 때마다 그만 소리 좀 그만해 대사관 직원이랑 마셨는데 용기를 내래 욕해도 돼 저 사람들 나오면 우리도 들어가서 춤추자 누가 춤을 추고 있다는 거야 있잖아 사실 앨범에 아는 얼굴이 없었는데 목에 손가락을 대고 맥박을 확인하는 계단 아래 공원으로 향하는 다리에 기대 하늘이 과육처럼 타들어가는 광경을 보고 있었잖아 그냥 서 있었던 거야 저 미술관은 내년 봄에나 개관할걸 또 헷갈리는 인간들이 잔뜩 몰려오겠네 좀 걸을까 이미 걷고 있는데 신경질적인 게 아니라 건물들이 너무 가깝게 마주 보고 있는 거야 방금 페르마의 밀실이 아

생각났어 여기서 따로 걷자 아니 진짜로 다음 블록부터는 통제 구간이라고 뉴스에서 들은 것 같아 그거 작년 뉴스야 누가 작년 뉴스를 다시 틀어 미친 게 아니면 전기도 안 들어오는 TV 앞에 네가 앉아 있었는데 춥다고 불을 질러서 우리는 여기 미리 있었던 것처럼 아니면 매일매일 양해를 구하는 가능성처럼 걷고 또 걷고 가는 길에 마트에 들러서 이것저것 사자 저녁 해줄게 작동을 멈춘 신호등 사거리로 우산과 우산 사이를 지나는 눈송이를 따라 다시 전부 잊은 것처럼 사람들이 모이고

    설원 너머 구름 없이 맑은 하늘로 이어지는 언덕 능선으로 분간이 가지 않는 풍경 평지가 끝나는 곳에서 다시 시작되는 유리창에 반사된 햇빛에 차양을 만들며 아이들이 모인 옥상 축복받고 싶은 마음으로 얼음 안에 결정된 겨울을 보네 하반신이 물에 잠길 때 솟아나는 모래사장에 남긴 입자들 여러 방향으로 나뉘어서 활공하기 시작한 철새들이 등대에서 멀어지네 회상을 미리 꺼내지 말기 분위기를 이어가기 전자상가에서 들려오는 노래에 귀를 막고 천장에서 사라진 도마뱀을 생각하며

운하에서 카메라를 놓쳤다. 물속으로 서서히 잠기는 카메라 셔터를 작동시켰더니 프레임에 온통 하얀 장면이 찍혔다. 시계탑 아래 같은 자리에서 같은 자세로 사람들이 넘어졌다. 누군가를 기다리지 않는 중이라고 말하고 싶었다. 어머니와 길게 통화하다가 택시를 놓쳐 집까지 걸었다. 어머니는 통화 중간 처음 듣는 노래를 흥얼거렸다. 노래가 딱딱하게 여무는 것 같았다. 눈 녹은 웅덩이에 빨간색 간판이 비쳤다. 더 이상 눈이 내릴 것 같지 않았다. 제설차 몇 대가 경고등을 깜빡거리며 지나갔다. 구겨진 우산을 수거하는 사람이 있었다. 배낭이 터질 것 같았다. 언젠가 스키장에서 크게 다친 기억을 떠올렸다. 누구의 기억인지는 분간이 가지 않았다. 스키장 너머 설산에 빼곡한 소나무 사이를 헤매다 발목을 다쳤다. 모두 같은 계절에만 머물다가 사라질 것 같았다. 그래도 될 것 같았다. 침대에 누우면, 천장의 얼룩진 무늬가 다녀온 도시들의 평면도처럼 보였다. 새벽에 잠을 깰 때마다 너무 조용해서 큰 소리로 기침했다. 가족 중 누군가가 초록 덤불에 앨범을 버렸다. 다시 가져오면 다른 앨범을 버렸다. 나는 경험에 반박했다. 집 근처 편의점 앞에서 우산을 꺼내는데 시내를 수놓은 전등들이 한순간에 꺼지는 모습을 봤다. 고양이가 회색으로 변한 눈덩이를 핥았다. 물범 모양 조형물을 단 트럭이 지나갔다. 편의점으로 들어가 퍼즐 잡지와 고로케와 신문을 사고 계산할 때 부적이 떨어져 점원이 집어 줬다. 모서리에 기름이 묻었다. 봉지를 들고 나와 한동안 서 있었다. 눈발이 거세져 시야에 빈 곳이 없었다. 옷에 묻은 눈을 털며 플레이트 지붕 처마 아래로 뛰어온 사람이 눈이 너무 많이 내린다고 말했다. 물기에 젖은 구두가 반짝였다.

* 이 글의 일부는 성남아트센터 <2020 성남의 발견전 : 이나영, 네버랜드Neverland> 전시 도록에 수록된 원고를 변용했다.

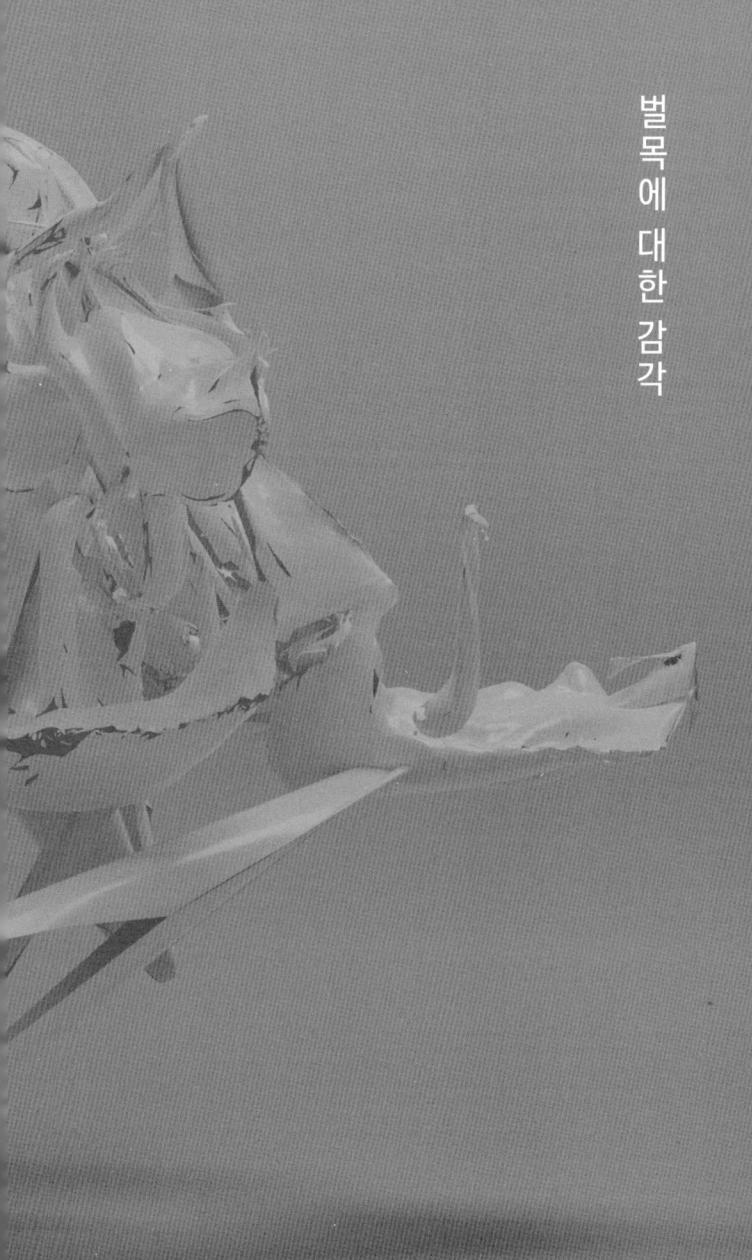

벌목에 대한 감각

한밤중에, 창문을 열었고, 담 너머 세상은 깊은 암흑에 빠져들었다. 아무런 소리도 들리지 않았으며, 입김이 흩어지는 창밖을 긴 시간 바라보는 것으로 갑자기 깨어난 새벽 내 지루함을 견디고 있었다. 이제 몇 시간 뒤 동이 트면, 암흑이 걷힌 산중에서, 요 몇 달간 나를 괴롭히던 여러 소리와 상황들이 다시 담 너머에서 밀려올 것이다. 이대로 잠에 들지 않고, 집을 떠나 누군가의 집 혹은 공공으로 제공된 장소에서 며칠 지내면 좋겠지만, 이 동네에 그런 곳은 없었고, 나는 다시 입김을 불며 눈으로 덮인 마당과 금이 간 담벼락을 바라봤다.

늦가을부터 작업을 시작한 그들은, 아마도 모든 준비가 제대로 갖춰졌을 때에야 찾아와 대문을 두드렸다. 굳이 인사를 할 필요는 없지만 이렇게 찾아왔다고, 다섯 명 중 키가 제일 작은 자가 악수를 건네며 말했다. "집이 예쁩니다." 누군가 말했는데 대답하지 않았다. 통보를 받은 적이 없다는 사실을 전해도, 담벼락과 산의 거리, 이를테면 나무가 넘어갔을 때의 반경과 지반의 기울기에 대해서만 얘기를 주고받았다.

다시 잠을 청하기 위해 창문을 닫으려는 찰나, 어둠 속에서 뭔가가 움직이는 듯했고, 이어 바닥으로 떨어지는, 꽤나 높은 곳에서 착지를 한 것처럼 육중한 소리가 들려와 숨을 크게 들이켰다. 산짐승인가. 자주 출몰했다던 반달가슴곰의 발자국이 발견된 것도 너무 예전 일이다. 너구리나 토끼를 봤다는 얘기도 들었지만 그 말을 전한 사람은 산에 대해 거짓말을 자주 하는 사람이다. "밥 먹었어요?" "근데 그거 알아요?" 그는 이곳에서 태어나고 자란 사람이며 산림소유자로 매번 월요일마다 찾아왔다. 혹시 내가 자살을 하거나, 갑자기 떠날 것을 걱정하는 거라면, 그럴 일은 없을 거니 오지 말라고 당부해도, 가방에서 음식을 꺼내며 그런 게 아니라고만 말했다. 어쨌거나 그의 거짓말은 처음에는 지루했다가 나중에는 재미가 생겨 기다려졌고, 한밤중에 들은 소리에 대해 말한다면, 오히려 나더러 거짓말을 한다고 비웃을 것 같았다. 그럼 눈덩이인가. 눈덩이에서 저런 소리가 났던가. 나는 중얼거렸다. 여러 상황들을 고려하며 창문을 반쯤 닫았다.

유리창에 납작하게 들러붙은 벌레의 날개가 바람에 흔들리고 있었다. 다시 사위는 조용해졌고, 어둠은 좀 더 짙은 농도로 면적을 넓혀갔다. 그럴 일은 없겠지만, 혹시 작업자 중 한 명이 아닐까, 잠깐 잠에 들었다가 숙소로 돌아가지 못한 채, 산에서 밤을 맞이한 당혹함, 안도감, 배신감으로 서둘러 자리를 정리하는 상상을 했다. 하지만 그들은 매번 땅거미가 능선에 번지기 직전에, 동네에서 그 누구보다, 그 무엇보다, 먼저 일몰을 느꼈고, 저녁이 되면 이곳에 처음부터 존재하지 않았던 것처럼 찾아보기가 힘들었다. 언젠가 늦은 밤 산책을 하다가 그들이 쌓아놓은 상자들을 본 적이 있는데, 밧줄과 전기톱 그리고 이름을 알 수 없는 장비들이 담겨 있었다. 길 한복판에 쌓아둬서 발로 툭 찼지만 미동도 하지 않았다. 그때 등 뒤에서 인기척이 느껴져 집까지 서둘러 걸었다.

　　　창문을 완전히 닫고 침대로 돌아갔지만 잠이 오지 않았다. 창문을 여닫을 때 바람이 드나든 탓이었는지 손바닥만 한 종이가 바닥에 떨어져 있었다. 얼마 전 생일을 맞이한 동네 사람이 보낸 안내장이었고―겉면에 색색의 나뭇잎을 연결한 끔찍한 양식과 지나치게 빼곡한 안부 인사!―쓰레기통에 버린 기억이 났다. 그럼에도 버젓이 방 한가운데 놓여 있었다. 저녁 식사를 하면서 우리는 공통적으로 꺼낼 주제가 있는 걸 알았지만 어쩐지 빙빙 도는, 모두 대화의 흐름을 불안해하며 서둘러 화제를 돌리기 바빴고, 집으로 돌아가는 길에는 떠오를 게 하나 없는, 하나 마나 한 대화를 나눴는데, 음식마저 소화가 되지 않아 속으로 계속 트림을 했다. 집 밖에서 한 아이가 소리를 지르지 않았다면 화장실로 달려가 속을 게워냈을 것이다. 비명, 환호, 길고 긴 외침. 모두 의자에서 일어났고, 밖은 몹시 추웠다. 우리는 몸을 감싼 채 떨고 있는 아이에게 다가갔다. 아이는 산에서부터 자신을 뒤따른 어둠을 피해 달려왔는데 집에 도착하자 지붕을 덮치는 나무를 봤다고 말했다. "너무 뜨거워요." 아이 엄마가 아이에게 옷을 입혔다. 저녁 식사

자리는 서둘러 정리됐지만 집으로 가는 길이 두려워 늦장을 피웠다. 생일이었던 사람이 오늘은 자고 가도 괜찮다고 말했는데 어깨 너머로 지붕을 보자 내 방이 무척 그리웠다. 그렇게 그리웠던 적이 없을 정도였고, 방으로 돌아가 적막하고 익숙한 밤을 맞이하리라, 다짐하며, 눈길을 달렸다.

혹시 다른 사람이 보낸 안내장인가, 책상 위 스탠드로 가져가 확인했지만 아니었다. 다시 쓰레기통에 넣었다. 책상 앞에 앉은 김에 고모가 보낸 편지를 다시 꺼내 읽었다. 라인하우스 발코니에서 담요를 어깨에 두른 채 아침을 맞이하는 모습이 상상됐다. 고모는 집을 맡기며 자신을 찾아오지 말라고 적었다. 적지 않은 액수의 돈을 숨긴 책장과 굴뚝 관리 주기, 땔감으로 쓸 만한 나무에 대해서도 적었다. 고모와는 부모님의 장례식 이후로 만난 적이 없다. 나의 성장 과정에 대해선 누구보다 잘 알지만 다른 친척들과는 달리 섣부른 간섭을 하지 않았고 그 점이 좋았다. 1년 전, 여러 신문과 잡지에서 나에 대한 기사가 쏟아졌을 때에도 고모는 약간의 돈만 보낼 뿐이었고, 재판이 끝난 후 전화를 했지만 받지 않았다.

벌목꾼들이 집과 가까운 곳에서 작업을 시작했다고, 고모에게 전하지 않았다. 추측하거나 걱정하지 않도록 두자고, 생각했지만, 고모보다는 내가, 내 모든 신경이, 그들과 관련된 작은 것 하나하나에 곤두서 있었다. 산림청에 전화를 하자, 이 문제를 담당하는 사람과 연결시켜준다고 했고 반나절이 걸렸다. 거의 모든 부서와 전화를 한 후에야 방문 일정을 전달했고, 담당자가 오기까지는 2주 정도 남아 있었다.

온종일 소음과 먼지에 시달렸다. 모든 창문에 톱밥 부스러기가 묻었고 거실 바닥이나 진열대 위도 매일 닦아야 했다. 외투 주머니에선 나무껍질이 나왔으며 이웃이 보고는 "그게 왜 거기 있죠?" 하며 아연실색했다. 껍질은 새끼손가락 길이 정도였는데 힘을 주자 금방 가루가 됐고, 도저히 참을 수 없는 지경에 이를 때쯤 작업반장이 찾아왔다. 그는 이렇게 말했다.

"⋯⋯누가 밧줄을 훔쳐 갔습니다. 분명 어제 나무에 매달아뒀는데, 여간 곤란한 게 아닙니다. 지금 다들 집집마다 빌리러 갔어요. 저는 특별히 선생님 집으로 왔습니다. 아무렴요, 제가 와야죠. 산과 제일 가까운 곳 아닙니까? 낮밤으로 어떤 생각을 하시는지 알고 있습니다. 아무렴요, 아무렴요. 그런데요, 무서운 생각이 드는 겁니다. 작업장을 배정받는 사무실 옥상에서 장례식에 다녀온 사람들이 모여 하루 종일 술을 마시고 있었어요. 술이 창문을 타고 흘러 내려와 주의를 주자 생각했는데 모두 시공간이 사라진 얼굴을 하면서 뛰어내릴 준비를 하는 것처럼 난간을 서성였습니다. 검은 차들이 빠르게 빠져나갔어요. 화환을 옮기던 배달부가 비를 피하며 주소를 확인했습니다. 저희도 이곳에 올 줄은 몰랐어요. 산의 일부가 망가지는 것을, 전기톱과 도끼에 잘려 나갈 나무들을 그 누가 생각이나 했겠어요? 누가 시킨 일일까요? 경관을 해치나요? 위험이 도사릴까요? 나무에서 밧줄을 타고 아래를 내려다보면 바닥이 아닌 잊고 지낸 장소가 보여요. 나무가 넘어갈 때 아무도 소리 지르지 않습니다. 아무렴요. 숙소에서는 한 방에 여덟 명이 겹쳐 잡니다. 방이 더 있는데도 말이에요. 아침이 되고 커튼이 휘날리면 집에 안부를 전할 때라는 걸 알지만 밧줄, 밧줄이 필요하죠. 아주 긴, 동네 초입에서, 산을 통째로 감을 정도로, 긴, 그런 밧줄이……."

그가 가고, 마당으로 나가자, 나뭇가지가 바닥에 놓여 있었다. 그것은 길다고도 짧다고도 할 수 없는,

종아리 정도의 길이였고, 누군가가 담 너머로 던진 것이 아닌, 스스로 넘어온 것처럼 보였는데, 나는 나의 이런 생각이, 며칠간 너무 시달린 탓일 거라 단정 지으며, 아무래도 쉬는 게 좋겠다고 생각했다. 그럴 만한 일을 떠올리자, 어쩐 일인지 아이들이 놀고 있을 운동장으로 가고 싶었고, 동네에서 유일한 운동장을 찾아갔지만 아무도 볼 수 없었다. 아이들 대신 검고 커다란 형체가 잔뜩 웅크린 모습으로, 운동장 한가운데에서 나를 돌아봤는데, 혹시 곰인가, 반달가슴곰이 먹이를 찾으러 내려온 건가 싶었고, 발자국 소리를 조심하며 다가갔다. 나를 공격하려는 자세를 취하거나, 위협적으로 느껴진다면 재빨리 도망가기 위해 길을 미리 살폈는데, 곧 달아나버렸다. 왠지 싱겁게 느껴졌고, 거센 비가 쏟아질 것처럼 하늘이 흐려지고 있었다.

　편지를 서랍에 넣고 한동안 앉아 있었다. 그사이 방은 점점 환해졌고 잠기운이 완전히 가신 상태로, 이제 정말 다 틀렸다고 생각했다. 집을 떠나야 돼, 다시 왔던 곳으로 돌아갈까, 중얼거렸다. 그보다는 동네에서 며칠 지낼 수 있는 곳을 생각했다. 회관은 추운 날이면 문을 닫고, 자식들이 모두 도시로 떠난 집들이 많긴 했지만 나보다는 그들이 불편해할 것 같았다. 숙박업을 하는 곳들도 있다. 지나치게 예민하다고 생각하거나, 혼자 유별나다고 여길 수도 있다. 사소한 오해도 만들고 싶지 않다. 나는 그저 조용히, 어쩌다 골목에서 마주치는 사람 정도로 이곳에서 지내고 싶다. 결국 쓰러지듯 침대에 누워 눈을 감았다.

　　나는 정말 오랜만에 깊은 잠을 잤다. 정오가 되어서야 눈을 떴는데 너무 조용한 나머지 혹시 밤이 된 걸까 서둘러 커튼을 열었다. 벌목이 시작된 이후로 처음 늦잠을 잤고, 담 너머 산중을 바라보자 그곳엔 아무도 없었으며 당연히 그 어떤 작업도 행해지지 않았다. 안도감을 느끼기보다 불안했고 잠옷 위에 외투만 걸친 채 집을 나섰다. 산으로 가는 비탈길에서 몇 번이나 미끄러졌다. 옷이 더러워졌고 머리카락 사이에서도 모래가 떨어졌다. 집에서 봤을 때는 담만 넘으면 코앞이라고 생각했지만 막상 가려니 멀게만 느껴졌다. 나무가 빼곡한 산길을 지날 땐 빛이 점점 줄어들어 다시 돌아갈까도 생각했다. 하지만 꽤나 멀리 왔고 얼른 궁금증을 해결하고 싶었다.

작업장은 갑자기 나타났다. 그들이 사용한 장비와 가방이 그대로 있었으며 사람만 증발한 것처럼 어떤 열기가 느껴졌다. 내 허벅지만큼이나 두꺼운 밧줄이 허공에 흔들리고 있었다. 마른땅에 발자국은 보이지 않았다. 식사를 하러 갔다고 생각할 수도 있지만 나는 그들이 동네 그 어디에서도 밥을 먹지 않는다는 사실을 알고 있다. 식당 주인이 아쉬운 소리를 한 적도 있다. 한번은 직접 찾아가 흥정을 해보려고도 했는데 실패했다는 것이다. 산 깊숙한 곳으로 들어간 건 아닐까, 아직 멀쩡한 나무들 방향으로 가봤지만 흔적을 찾을 수 없었다. 이대로 작업을 중단하고 동네를 떠난 거라면 정말 반가운 일이 아닐 수 없다고, 남겨진 장비와 짐을 챙겨 그들이 사는 주소로 직접 보내주리라 생각하며 여기저기를 기웃거렸다. 조끼를 입어보고, 톱을 들어 햇살이 반사된 빛을 얼굴에 향하기도 했다. 나무를 쌓아둔 더미에서 다람쥐가 불쑥 나오더니 나를 피해 산 아래로 달려갔다. 그때 멀리서 허공을 찢는 듯한, 아니 그보다는 뭔가가 갈라져 메아리치는 소리가 들려왔다. 근처에 숨어 있던 새 떼가 날아올랐다. 작업장에서 그리 멀지 않은 곳이었고, 높게 솟은 거목이 쓰러지고 있었다. 이어 바닥이 흔들리며 산 전체가 몸을 떠는 것처럼 진동이 느껴졌다. 나는 서둘러 자리를 벗어났다. 내리막길을 있는 힘껏 달렸고 올라올 때와는 다르게 넘어지지 않았다. 다시 집으로 돌아와, 모든 문을 걸어 잠그고, 커튼으로 창을 가린 뒤 의자에 앉았다. 잠옷 바지가 찢어졌고 자세히 보니 발등에 피가 굳어 있었다. 머리가 가려워 사정없이 긁자 낙엽 부스러기가 떨어졌다. 한 시간 정도 몸을 살피고 안정을 취하기 위해, 다른 가능성들은 생각하지 않기로 했지만, 불안한 예감에 확신을 주듯이, 다시 예의 그 소리들이 들려오기 시작했다. 산림청의 담당자가 어서 왔으면, 하고 생각했다. 그가 온다면 밖에서 벌어지는 일뿐만 아니라, 나의 내부에서 일어나는 증상에 대해서도 해결책을 줄 것 같았다.

나는 괴롭게 일어났다. 산림소유자가 밖에서 나를 불렀기 때문이다. 월요일도 아닌데 어쩐 일인지 호들갑을 떨고 있었다. 대문을 열고 안으로 들어오라고 손짓했다. 그는 발을 동동 구르며 내 등 너머를 보고 있었다. "저러면 안 되는데 말이죠!" 알았으니 안으로 들어오라고 재촉해도 제자리에서 연신 땀만 흘렸다. 땀이

뚝뚝 떨어져 마른 흙바닥에 동그란 무늬가 수를 늘려갔다. "저기는 다른 게 있는데 말이죠!" 나는 그들이 무덤을 파헤쳐 도굴하는 모습을 상상했다. 하지만 이 동네 어디에도 무덤은 없고 누군가가 죽은 지도 오래됐다. 그는 동네를 둘러싼 대부분의 산의 주인이었고, 산을 가진 것에 대해 별다른 감흥을 느끼지 못했으며, 자기 소유로 된 산에서 뭘 하면 좋은지, 동네 사람들을 거의 괴롭히시다시피 조언을 구하고 다녔다. 조언만 구할 뿐 실제로 한 일은 작은 오두막을 만든 정도였고 그마저도 아이들에게 뺏겨 나중에는 근처에 가지도 않았다. 혹시 그걸 말하는 거냐고 묻자 고개를 세차게 저었다. 나는 그의 어깨를 토닥이며 이제 돌아가라고 부탁했다. 대문을 닫았지만 한동안 움직이지 않았다. 대문 아래 그의 신발 그림자가 드리웠다.

골목을 뛰어가는 사람들이 있었다. 흰 페인트로 덧칠된 낙서를 찾으며, 종종 두더지가 기어오르던 계단을 지나, 동네가 한눈에 보이는 바위까지 오르면, 바위마다 이름을 짓던 시절의 울창한 산과 지금은 어떻게 다른지 서로에게 설명했다. 우리가 유지하려는 것은 과거가 아니고 이곳도 아니며 끝없이 절망적인 삶 자체라고, 뜨개질로 지은 조끼를 벗는 사람이 있었다. 활짝 웃는 사람을 본 적 없는 사람이 있었다. 오후 내내 우는 사람을 본 적 없는 사람이 있었다. 골목 허공에 매달린 빨랫줄을 자르면 옷들이 바람에 날아가 섞였다. 고모가 직접 만든 마루에 기대앉아 고모의 이야기를 듣고 있으면 좋겠다고 생각했다.

고모에게 내 소식을 전하지 않았더라면 좋았을 것이다. 다시 밤이 찾아왔고, 나는 나의 무거운 머리를 겨우 지탱하는 목을 주물렀다. 점점 졸리기 시작했지만 잠에 들고 싶지 않았다. 이 집은 고모가 부모에게 물려받았다고 들었는데—아버지는 다른 집을 물려받았고, 나는 그곳에서 유년 시절을 보냈지만 특별한 기억이나 인상이 남아 있지 않다—어떤 이유에서인지 오래됐다는 느낌은 들지 않았다. 고모의 침실과 빈방이 있었고, 거실에는 열 명은 족히 앉을 법한 큰 테이블이 놓여 있었지만 앉은 적은 없다. 요즘은 보기 힘든 장작용 난로가 거실 벽에 자리 잡았고 내가 오기 직전까지 사용했는지 환풍구가 따뜻했다. 처음 보낸 몇 주 동안은 불을 지폈다. 그마저도 귀찮아 나중엔 손도 대지 않았다. 굴뚝에서 연기가 나질 않아 이상했다고 이웃이 언젠가 말해주기도 했다. 그러자 충동적으로 난로에 불을 지피고 싶었고 창고로 가서 땔감을 찾았다.

　　비가 내린 적이 손에 꼽을 정도였는데 어쩐지 습기에 젖어 있었다. 서리가 내려앉은 것처럼 축축했고 불이 안 붙으면 어쩌나 걱정했지만 석유를 뿌리자 순식간에 타올랐다. 집 전체에 나무 냄새가 퍼졌다. 굴뚝이 막힌 건지 연기가 밖으로 통하질 않았다. 눈이 매웠고 기침이 났다. 집에 있는 문을 전부 열었고 고여 있던 연기가 그제야 빠져나갔다. 집 밖으로 나와 숨을 고르는데 누군가 무슨 일이냐고 소리를 질렀다. 벌목꾼들이 작업을 멈추고 나를 바라보고 있었다. 누군가는 손을 흔들고, 누군가는 당장 내려올 것처럼 조끼를 벗으며 준비하고, 누군가는 미동도 하지 않은 채, 모두 집을 바라봤다. 나는 겁에 질려 다시 집으로 들어갔다. 재판장에서 나만이 일어나 모두와 눈 마주칠 때 심한 요의를 느끼며 몇 번이나 주저앉았고 옆에서 부축하던 변호사는 귓속말로 정신 차리라고 중얼거렸다. 방청하는 사람들 사이에서 아는 목소리들도 들렸다. 고모의 목소리도 언뜻 들었던 것 같다. 아니다. 고모는 환승 시간을 기다리고 있었을 것이다. 나는 차라리 눈을 감고 싶었지만 그런 일은 허용되지 않았고 어떻게 재판이 끝났는지도 모르겠다. 사고인가, 재난인가. 같은 의미인가. 다른 의미인가. 연기가 모두 빠져나간 집은 묵은 때가 벗겨지기라도 한 것처럼 환해졌다.

  별안간 전화벨이 울렸다. 가장 가까운 곳에 사는 이웃이었고, "무슨 일이에요?" 물어와 아무 일도 아니라고 말하자 "잠깐 여기로 건너와요" 하며 전화를 끊었다. 왜 대답도 듣지 않고 끊는 건지 의아했으나 거절할 이유도 딱히 없었고, 서둘러 문을 닫고 집을 나섰다. 이웃의 집으로 가기 위해선 도랑 위 돌다리를 건너야 했는데, 다리 중앙에서 뭔가가 길을 막고 서 있었다. 가까이 갈수록 모습이 점점 확연해졌고, 그것은 얼마 전 운동장에서 봤던 검고 커다란 형체로, 이번에도 잔뜩 웅크린 채 등을 보이고 있었는데, 놀라지 않도록 조용히 다가가 인기척을 내자 나를 돌아봤다. 나는 너무 놀라 몸이 말을 듣지 않는다거나, 공포에 질려 도망가지 않았고, 한동안 서로를 마주한 채로 바라봤다. 그것은 서서히 일어나 도랑의 상류를 향해 걷기 시작했고—다른 표현은 떠오르지 않았다—나는 한 발자국 정도 떨어져 따라갔다. 상류로 올라갈수록 물살이 점점 거셌으며 산이 가까워졌다. 우리는 긴 시간 여러 대화를 주고받았다. 우리는 사람들의 요구, 지독한 추위, 벌목 허가, 거짓된 소문, 자연에 대한 믿음, 명백한 사실에 대해 얘기했다. 산의 경사가 시작되는 곳에서 헤어졌고, 다시 돌다리로 돌아가자 이웃이 기다리고 있었다.

"……안 보여서요. 여간 놀라지 않았겠어요? 어디 다녀오는 길이죠? 난로는 끄고 가지 그랬어요. 문을 여니까 더워서 혼났더란 말입니다. 급해서 흙으로 덮어뒀어요. 괜찮죠? 제가 계속 봤는데, 그냥 이사를 가는 게 좋지 않겠어요? 당신이 아니라 집이 걱정돼서요. 당연히 고모님이 계실 때는 이러지 않았어요. 가서 살고 싶을 정도였는데요. 제 집은 금방 허물어질 것 같아요. 너무 빨리 지었더란 말입니다. 다른 곳에도 공사가 있다고 예정일보다 한 달이나 빨리 지었어요. 이 이야기 전에 했던 것 같은데, 들어보세요, 잠이 너무 안 온다고 말한 적 있죠? 창고에서 무슨 소리가 나는 것 같다고 했죠? 창고가 너무 큰 것도 문제지만 안 보이는 곳에서 천장까지 나무가 자라고 있더란 말이에요. 생각해보세요. 무섭지 않았겠어요? 잠을 방해하는 이유를 찾은 거예요. 며칠 전에 벌목꾼들이 우리 집에 온 적이 있어요. 밧줄을 달라는 거예요. 어깨에 밧줄을 걸치고 있으면서요. 찾아서 꺼내 줬어요. 그 뒤로 다시 잠이 오질 않아요……."

　　　이웃은 빠르게 말하며 자주 헛기침을 했다. 그러곤 함께 차를 마셨다. 뜨거운 물에 약재를 오래 우렸다고 말했다. 혀가 조금 데었지만 내색하진 않았다. 이웃은 벌목꾼들에 대한 얘기를 마치고 고모와의 추억에 대해 말했다. 고모를 마치 죽은 사람처럼, 혹은 다시는 여기 오지 않을 사람처럼 아련하게 떠올렸다. 서재로 달려가 내 사진이 나온 신문을 가져왔다. 내가 맞는지 물었고 대답하지 않았다. 모든 것을 정확하게 설명하려면 보탬과 축소 없이, 세부적이고 전체적인 기억과 사실을 전하려면, 그러기 위해선 말보다는 자료가 도움이 될 것 같다고, 말하자, 심드렁한 표정을 지었다. 내게 흥미가 떨어진 것처럼 보였다. 고모에 대해서도 더 이상 말하지 않았다. 나는 집에 돌아가고 싶지 않아 어색하게 앉아 있었다. 이웃은 이제 그만 가달라는 신호를, 불현듯 일어나 쓰레기통을 비우고, 피아노에 쌓인 먼지를 털고, 조율사를 저주하고, 노래를 흥얼거리는 것으로, 그러니까 내가 눈치를 채게끔, 바보가 아닌 이상 일어날 수밖에 없는, 그런 몸짓으로 표현했고 떠밀리다시피 밖으로 나왔다.

능선 너머로 해가 저물고 있었다. 집이 있는 곳을 바라보자 여전히 벌목 작업이 진행되고 있었다. 나는 그들의 숙소로 향했다. 대부분의 사람들은 그들을 여기 존재하지 않는 것처럼 여겼다. 그들이 트럭에서 내릴 때, 모두 집 안에서 창문으로 지켜봤고, 최대한 마주치지 않기 위해서 노력하는 것 같았다. 행여나 마주치면 어색한 미소로 하나 마나 한 인사말을 전했다. 그들을 지우기 위한 노력은 반대로 그들을 더 구체적으로 이곳에 있게끔 만들었고, 자주 모여 음식을 나누던 저녁 식사 자리도 눈에 띄게 줄어들었다. 해마다 어느 시기가 되면 나물을 캐기 위해 삼삼오오 모여 산에 올랐지만 누구도 이에 대해서 말하지 않았다. 산에 대해 생각하지 않았다. 산에 대해 말하지 않았다. 산은 없어졌다. 그런 말이 가능했다.

나는 그들의 숙소 앞 담벼락에 서서 안을 기웃거렸다. 나뭇가지와 돌멩이를 주워 마당으로 던졌다.

얼마 후 대문을 열고 안으로 들어갔다. 장비를 담은 상자들이 한쪽 구석에 쌓여 있었다. 손을 대면 곧 허물어질 것 같았다. 무슨 생각으로 이 숙소에 왔는지, 무모하다는 생각이 들 만큼 평소에는 하지 않는 행동이었고, 충동적으로 행동한 것을 후회하며 발길을 돌리려고 했지만, 조금만 더 용기를 내면 저 안으로 들어갈 수 있지 않을까, 내가 모르는 뭔가를 발견함으로써 지난날에 대한 복수를 할 수 있지 않을까 생각했다. 내 머릿속에서 복수라는 말이 떠오르다니, 왠지 남의 생각을 읽은 것처럼 어색했고, 복수라고 해봤자 기껏해야 아주 작은, 그들의 작업에는 큰 영향을 끼치지 않는 도구를 훔치면 어떨까, 그렇다면 그들은 있으나 마나 한 그것을 찾기 위해, 적당히 곤란함을 느끼며 시간을 허비할 텐데, 그것으로 아무도 모를 나의 복수가 완성되면 좋겠다고 생각하며 집 안으로 들어섰다. 신발을 벗지 않아 화들짝 놀랐는데, 들킬 것을 대비해 신발을 신고 있는 것도 도움이 될 것 같았고, 살금살금 걷느니, 차라리 이쪽에서 들켜 쫓겨나는 것도 괜찮지 않을까, 아니면 이왕 이렇게 된 일 대담하게 행동해도 좋을 것 같았고, 일부러 발소리를 크게 내며, 여기저기 방문을 열었다가 닫으며 집 안을 돌아다녔다. 그러다 내가 발견한 것은 사람 머리통만 한 크기의 주머니였다. 솔방울과 껍질을 까지 않은 잣이 잔뜩 담겨 있었다. 잣은 이 근방에서 보기 어려운 품종이었는데, 어쩌면 내가 잘못 알고 있다거나, 아니면 그들이 따로 가져왔다거나, 둘 중 하나일 것 같았고, 어찌 됐든 누군가의 가방 옆에 놓여 있는 잣을 발견하자마자, 이것이 바로 내가 원하던 것이라는 생각이 강하게 들었고, 왜 하필 잣일까, 사실 잣만큼 이 집에서 적당한 것도 없지 않을까, 하며 잣을 한 움큼 들어 냄새를 맡았다. 고소하고 시큼한 냄새가 났다. 입에 넣진 않고 오래 냄새를 맡았다.

주머니를 챙겨 방을 나서려는데 밖에서 인기척이 느껴졌다. 마당에 누군가 서 있었고, 나를 보고도 놀란 기색을 보이지 않아 반대로 내가 들고 있던 주머니를 떨어뜨렸다. 자세히 보니 그는 산림소유자였고, 내게로 와 주머니를 다시 손에 쥐여주며, 잘 챙겨 가라고 말했다. 그가 형광 조끼를 벗는 동안 얼른 자리를 벗어나고 싶었지만 몸이 움직이지 않았다. 그는 지친 표정으로 나를 올려봤다. 나는 여러 경우를 상상했다. 그를 제압해서 입을 막고 도망을 가는 경우, 이대로 있다가 다른 벌목꾼들이 올 경우, 함께 저녁을 먹는 경우, 주머니를 훔친 죄로 추궁을 당하는 경우, 유유히 집에 가는 경우, 사실 꿈인 경우, 늦은 저녁의 망상인 경우, 과거에 비슷한 일을 겪었던 경우, 훔치거나 말거나 나를 무시하는 경우, 동네 사람의 집으로 착각한 경우를 떠올리며 그를 관찰했다. 그는 신발을 벗고 들어가 다시는 나오지 않았다. 누군가 나를 본다면, 솔방울과 잣이 든 주머니를 어깨에 두르고 멀거니 서 있는 모습이 우스꽝스러울 것이다. 지난겨울, 밤이 되기 직전에 산속으로 자주 산책하곤 했는데, 비슷한 시간과 날씨에만 볼 수 있는 풍경이, 나의 심신 안정에 도움이 된다는 사실을 알았고, 산길에 나뉜 갈림길에 서서, 어디로든 갈 수 있지만 가지 않는 상태로, 누군가 지나가면 길 안내를 할 수 있을 정도로 여유롭게 시간을 보냈다. 이름 모를 새들과 이름 모를 곤충들이, 이름 모를 나무와 풀에 숨어 울었고, 귀가 따가울 정도로 우는 그것들이, 나를 몰아내려는 것처럼 혹은 서로의 존재를 알리려는 것처럼 느껴졌는데, 듣기 싫지는 않았고, 오히려 겨울이 지났을 때에는, 그립다고 느낄 만큼 자주 떠오르곤 했다. 산속에서 계속 선 상태로 시간을 보내는 것은, 앉기와 눕기, 뛰기와 걷기와 다르게 필요 이상으로 안도감을 줬다. 지나가는 사람들마다 고개를 갸우뚱하며 안부를 물었지만 나는 그들이 모른 체 지나가길 바랐다.

시간만 허락된다면 그 자리에 영원히 서 있는 것도 가능할 것 같았다. 산림소유자는 방으로 들어간 후로 다시 나오지 않았다. 나는 주머니를 문 옆에 내려놓고 집을 나섰다. 산림소유자와 벌목꾼들의 관계에 대해서 생각을 진척시키지 않았다. 그보다는 빠르게 저물어가는 해를 따라 걸었다. 해 질 녘의 파란빛이 서서히 대기와 골목에 확장됐고, 꼭 무슨 일이 벌어지기 직전처럼 고요하고, 느려졌으며, 서서히 옅어지는 그림자들과, 산맥을 따라 흘러가는 구름, 새벽 같은 공기 속에서, 별안간 한 아이가 내 앞을 앞질러 뛰어갔다. 아이는 붉은빛으로 뛰어가며 점점 시야에서 사라지고, 나는 느리게 걸음을 떼면서, 불현듯 어떤 결심을 했는데, 이제 남은 방법이라곤, 이곳을 떠나거나, 이곳을 떠나게 만들거나, 이곳이 떠나거나, 이곳이 나를 밀어내는 것이라고, 하지만 그런 시도는 가능하지 않을 거란 생각이 들었다. 아이는 다른 아이들 무리에 섞여 함께 달려가고 있었다.

여러 날이 지나, 산은 한눈에 확연히 보일 정도로 휑해졌고, 그래서인지 거센 바람이 불어와 집에 부딪친다고 느꼈다. 밤중에 창이 흔들려 자주 깼다. 작업의 잔재들, 나무껍질과 가지들이 담을 넘어 마당에 쌓였고 치우는 것마저 귀찮아 그대로 뒀다. 언제까지, 어디까지 벌목이 진행될지는 알 수 없었다.

산림청 담당자를 마중하기 위해 동네로 진입하는 길목에 앉아 있었다. 곧 하얀 외관을 가진 트럭이 내 앞에 섰다. 담당자는 차에서 내리며 주변 경관을 둘러봤고 날씨가 정말 좋다고 말했다. 그러곤 굳이 걸어서 동네로 들어가자고 말했다. "감탄이 절로 나오는 자연입니다. 이런 곳에서 벌목이라뇨." 자신은 아무것도 모르는 것처럼, 나를 괴롭히던 일련의 일과는 전혀 무관한 듯이 경외에 찬 표정을 지었고, 나란히 걷지만 않았다면 등 뒤에서 욕을 뱉지 않았을까 생각했다. 왜 이렇게 늦었냐는 질문에는, "요즘 문의가 자주 옵니다. 여기저기서 나무를 베어달라고 성화예요. 갑자기 산이 울창해진 탓일까요? 사실 현장 점검은요, 별 의미가 없습니다. 이렇게 감상을 하는 것 외에는 말이에요. 그렇다고 작업을 취소할 수도, 시시비비를 따질 수도 없죠. 오히려 그들이 집중하기를 바랍니다"라고 답했다.

　　우리는 마을을 가로지르는 도랑을 따라 걸었다. 담당자는 동네 사람들과 반갑게 인사했고 거의 모두에게 알은체를 했다. 다들 웃으며 담당자에게 인사했다. 담당자는 마치 집을 아는 듯이, 나보다 앞서 걸었고, 여기저기를 기웃거리며 혼잣말을 했다. "이걸 보세요. 여기가 시멘트와 벽돌이 허물어졌는데 안에 뭐가 보입니까?" 집으로 가는 내내, 가슴에 산림청 표식이 달린 외투를 벗어 팔에 두르곤 여러 질문을 했다. 대개 대답할 수 없는 것들이었고, 사실 대답할 생각도 없었으며, 가만 보니 내 대답에 큰 관심이 있어 보이진 않았다. "당신은 벌목 작업을 중지하려고 전화를 한 건가요? 그건 제 소관이 아닙니다. 이미 승인이 나서 진행되는 일을 제가 막을 도리는 없고요. 어떤 이유 때문입니까? 시끄럽고 어지럽나요? 정말 그것 때문입니까?" 뒤에서 바라본 그는 검고, 커다랬다. 검고 커다란 형체로 멀어졌다. 갑자기 걸음이 빨라져 따라 걷기에 숨이 찼다. 몇 번이나 불러 세웠다. "당신 기사를 봤습니다. 고의가 아니라고, 재판에서도 그렇게 판결이 나지 않았나요?" 우리는 집으로 곧장 가지 않았고 최대한 멀리 걸었다. 집집마다 창문이 열려 있었고 굴뚝이나 마당에서 연기가 났다. 투명하고 평화로운, 그간 느껴보지 못한 광경이 부유하고 있었다. "함께 일하던 동료가 죽은 걸로 압니다. 정확히 말하면, 당신이 베어 넘긴 나무가 그 방향으로 쓰러졌죠." 집 근처에서 가까이 다가갈수록 어쩐 일인지 주위가 조용해지는 것 같았다. 해가 뜨거워 손으로 연신 부채질을 했다. 담당자의 상의가 땀으로 젖어 있었다. 나는 다른 얘기를 했다. 집에 드리운 그늘이 좋다고, 해가 지면 조금 음습하고 춥긴 했지만 견딜 수 있는 정도라고 말하자 고개를 끄덕였다. 굴다리에 기대 약간의 휴식을 취했다. 그런 다음 뭔가가 찝찝해 옷을 털었다. 하얀 먼지가 공중으로 흩어졌다. 나는 갑자기 졸리기 시작했는데 몸에서 힘이 전부 빠져나간 느낌이었다. 서둘러 자리에서 일어났다.

  우리는 집으로 들어가 테이블을 두고 마주 앉았다. 미리 준비한 음식을 데우고 식기를 올렸다. "누가 더 옵니까?" 나는 아니라고 대답했다. "누가 이 테이블에 앉은 적은 있습니까?" 그것도 아니라고 대답했다. 식사를 하는 동안에는 아무런 대화도 나누지 않았다. 테이블을 정리하고 차를 준비할 때에야 그는 입을 열었다. "고모님이 전화하셨어요. 여기를 떠나기 직전에요. 허가를 받고 싶다고요." 고모의 얼굴이 언뜻 스친 것도 같았는데, 그보다는 갑자기 한기를 느껴 난로에 다시 불을 지펴야겠다고 생각했다. 그러자 조금 답답한 기분이 들었고, 자리에서 일어나 창문을 열었다. 한동안 서서 밖을 바라봤다. 산속에서, 점처럼 작아 보이는 벌목꾼들이, 집을 향해 내려오고 있었다.

불안에 대한 감각

선장은 낮잠을 자는 듯 언젠가부터 갑판으로 나오지 않고 앵커를 확인하는 선원과 눈으로 대화하며 멀리서부터 손 흔들기 시작한 방카 선단에게 튜나를 외치자 배 한 척이 휘청거리듯 미끄러지며 다가와 손가락을 접는다. 정지한 듯 일정한 해류에 멀어지는 선단이 언젠가 꼭 마주칠 것만 같은 예감으로 아쉽게 손 흔들며 언제 나온 건지 조타실에서 칼을 가는 선장은 타를 잡은 선원을 향해 얼굴을 찡그리고 생각해보니 그들이 대화를 나눈 모습을 본 적이 없어 서로 외국인인가 싶어 관찰한다. 그들은 오래 알고 지낸 사이 혹은 원수처럼 손끝으로 서로를 가리키고 요트는 계속 출렁인다. 요트의 이름이 뭔지 묻자 제발 그런 넋 나간 소리 좀 하지 말라고, 다랑어의 껍질을 두껍게 썰면서 선장은 그 말은 이시가키를 일본의 갈라파고스라고 말하는 관광청 홍보 문구랑 다를 게 없다고 막상 가보니 해변에 버려진 스노클링 장비들과 수면에서 부표처럼 떠다니는 야자수잎들이 잊고 지낸 꿈처럼 끔찍해 예정보다 빨리 출발했다고 대답한다. 정글이었던 시절의 구조를 복원한 집에서 몰래 낮잠을 자고 있던 선원은 꿈을 꿨는데 자신이 주민들에 의해 동원된 물소였다고, 섬을 개발할 당시로 돌아가 팔다리를 허우적거리며 울자 관광객들이 사진을 찍어 창피했다고 얼굴을 붉힌다. 마침 수평선 한 뼘 높이부터 분홍빛으로 번지기 시작한 햇빛이 그의 얼굴에도 드리워 요트클럽에 정박해 카우보이그릴 펍에서 미리 감격하는 모습이 상상됐다. 어느새 몰려든 갈매기들을 휘휘 쫓으며 선장은 이제 그만 자리를 정리하라고 지시했다.

    나는 산페르난도 항구 선착장에서 항해에 합류할 요트를 기다리고 있었다. 선장은 입국 절차에 대해 미리 알아보라고 지시했다. 하버 관리사무실에서 세 시간 동안 서류를 정리했다. 요트는 일본 이시가키에서 출발해 사흘간 이동 중이며, 기상 악화로 풍속 30노트 이상의 돌풍과 파고 5미터가 넘는 바다를 항해하고 있다.

나는 상선에 필요한 모든 준비를 마치고 방파제에서 요트가 보이길 기다린다. 얼굴이 따갑고 눈이 시리다. 손으로 차양을 만들지만 요트는커녕 다른 배도 보이지 않는다. 우리는 푸에르토갈레라 요트클럽으로 가야 하는데 멀미가 심한 선원은 하선과 동시에 병원에 갈 거라고 전했다. 상선 지원서에는 이후 항해에 대해서도 허락을 요한다고 적었다. 쿠릴열도를 지나 알래스카, 미국 서부, 남태평양을 거치는 항로가 될 수도 있다. 요트는 스웨덴에서 제작한 것으로 아름다운 선체와 최적의 강도를 지녔다.

선착장에 짐과 옷을 두고 바닷물에 들어간다. 정박된 배들의 선미를 물속에서 바라보며 얇은 통증처럼 수면으로 번지는 햇빛을 피해 깊게 잠수한다. 호흡이 가빠지고 귀가 아득해지면서 구명조끼를 서로에게 챙겨주던 연인과 재갈을 물린 하얀 리트리버 그리고 하늘로 솟구치는 물고기가 만든 물결을 상상한다. 등대가 가리키는 방향과 반대로 휜 언덕에서 수레가 미끄러지고 인부들이 뛰어간다. 나는 숨이 거의 남지 않을 때까지 움직인다. 다시 밖으로 나오자 멀리 요트가 보인다. 두 사람이 선착장을 향해 손을 흔들고 있다.

상선 정보가 전시되는 플로터를 오랜 시간 바라봐도 아직 다른 배들은 보이지 않는다. 어색하게 인사를 나누고 당직 순번을 정했다. 선장과 선원은 푸에르토갈레라까지의 일정을 통해 후일을 정한다고 말했다. 나는 궂은일을 도맡아서 했다. 선저로 들어가 스크루에 걸린 그물을 제거했다.

잠깐 내려다본 바닷속은, 낮은 암흑으로 일렁였다.

*

당신은 외국인이 싫었네 민박집 마당을 기웃거리는 외국인은 특히나 싫었고 민박집 주인이 사라진 상황에서 민박집 주인이 산에서 주워 온 원숭이가 닭장 안에서 우는 것도 싫었네 닭장 안에 닭이 있던 적은 없었고 매나 강아지가 있던 모습은 마음속에서 선명하지만 마음이 편했던 적은 없었고 당신의 마음 당신과 마음 당신은 마음 당신이 마음 마음속 원숭이 원숭이를 보기 위해 닭장 앞을 서성이는 외국인이 좋았네 무릎 부위에 구멍이 난 군복 혹은 작업복처럼 보이는 바지의 무늬가 가뭄을 불러올 거라고 그렇게 가뭄이 오면 닭장에 들어가 건초 따위를 호미로 긁어모아 불을 지필 거라고 다짐했네 외국인은 숙박비를 물었지만 외국어를 할 줄 몰라 대답을 미뤘는데 그제야 대문을 열고 호기롭게 등장한 민박집 주인이 영어사전을 머리 위로 들어올리며 외국인에게 인사했네 농구 골대가 막 설치된 주차장에서 동급생들이 전봇대에 오르고 있었네 이대로 공간을 엇나가는 기분으로 외국인에게서 멀어지고 싶었네 필요한 게 있으면 부르지 마세요 외국인은 트래킹화를 벗으며 하이파이브를 시도했고 민박집 주인이 멀리서 박수를 쳤지 그레고리 슬링백이 저절로 열리며 입장권이라 적힌 종이가 당신의 시야로 떨어졌고 주워서 읽다 보니 하나뿐인 창문이 깨지면서 원숭이가 지나갔고 신문지로 돌돌 만 식칼을 건네주던 동급생이 누구였는지 기억나질 않았네 주차장이 점점 가까워질수록 일기장이 느리게 넘어갔어 쇠말뚝이다! 쇠말뚝을 산에서 주워 온 주인은 풍수지리에 대해 외국인에게 말해주고 싶었지만 별관은 아무도 들어간 적 없었던 것처럼 조용했고 혹시 저 사람 일본인은 아니겠지 혼잣말을 하며 대문을 닫았네

      파를 심은 밭에서 두더지가 기어 나와 마루 밑으로 들어가는 동안 당신은 생각했다 지금 문을 열고 나가면 공항에 제시간에 도착할 수 있지 않을까 공항버스를 타고 눈 내리는 동물원 벤치에 앉아 새로운 세기를 맞이할 수 있지 않을까 여행사 직원이 말하길 일력은 기념품으로 제공되지만 국가마다 기호가 상이합니다 그냥 아이폰을 믿으세요 바다는 얼어 배가 정박하지 않고 하늘 위 항로는 먼지구름으로 시야가 확보되질 않습니다 계속 걸어주세요 그러자 당신의 몸속에 기름이 쌓인다 민박이 있던 장소는 산사태가 휩쓸고 간 흔적으로 당신의 기억 속에 둥실 떠올랐다가 황금빛으로 반짝였다 당신은 뒷짐을 지고 육교 아래를 어슬렁거렸어 녹슨 쇳물이 도로로 뚝뚝 떨어졌네

오늘 잃어버린 게 있어 응 대답해도 안 듣잖아 이게 뭔지 알아? 어제 주운 건데 흔들수록 가벼워진다 켄이라고 부를게 아니면 블랑카라고 부를까 오락실에서 들은 이름이라 아는 게 별로 없어 파란 비닐로 감싼 우산을 들고 별관에서 걸어 나와 담벼락 사이에 자리 잡은 민들레를 손가락으로 튕기며 비 내리는 속도에 머리를 기대 반란을 도모하는 표정으로 잠자코 켄 혹은 블랑카 대답해줘 오늘은 오늘이 아니라고 말하지 말고 평행과 횡행 사이를 이상한 기분으로 통과하지 말고 내가 잃어버린 건 내일 다시 줍거나 켄 블랑카 류 춘리가 주워 마루 아래 두겠지만 야영장에 딱 한 번 텐트를 친 적이 있어 코펠에 라면을 끓여 먹고 잠에 들었는데 새벽에 소리가 들려서 눈을 뜨니까 텐트 밖으로 거대한 그림자가 손짓하고 있었어 야영장을 지나 산에 가까워지면 철조망이 있고 접근금지구역이 외국어로 적혀 있어 군부대도 없고 국립공원인데 동급생들에게 말하니까 뭘 주워 오라고 해서 가져왔다가 잃어버렸어 농구를 할 때면 구경만 했어 패스를 안 하니까 쓰레기장에서 버너를 분해해 점화기로 오락기를 딸깍거리다 걸리기도 하고 볼이 불에 덴 것처럼 빨개질 정도로 맞았는데 아프지는 않았

어 오늘 내가 잃어버린 게 있어 그래서 찾을 수가 없어

    그때 쇳물이 떨어지며 자동차 전면유리에 묻자 운전자는 당신을 지나치고, 순간 자신도 모르게 욕을 내뱉었다. 아주 작은 소리로. 조수석에 앉은 누군가가 화들짝 놀라 뒷좌석을 바라봤고 뒷좌석에 앉은 아이는 들었지만 듣지 않은 척 코를 후비는 일에 집중했고 운전석의 그는 급하게 와이퍼를 움직였지만 쇳물은 지워지지 않았다. 집에 도착하는 동안 동전만 한 크기로 커진 쇳물은 점점 얼룩으로 번져갔고, 그 모습이 그를 언짢게 만들었고, 집으로 오는 내내 누군가와 나눴던 대화가 기억나질 않았다. 그는 아이의 여름방학을 맞아 어디를 좀 가자고 했는데 아이에게 어디에 놀러 가고 싶냐 묻자 아이가 말하길, 외국은 아니지만 외국처럼 느껴지고 도시는 아니지만 도시처럼 편하고 사람보다 동물이 많은 곳에 갔으면 한다고 말했는데, 혹시 아는 곳이 있는지 그에게 묻자 그는 그런 장소를 왜 자신에게 묻는 건지 알 수 없었다. 최대한 고심하는 척 검은색으로 변해가는 쇳물을 바라보며 크흠, 어허, 아니야, 여기일까, 혼잣말을 했는데 그는 그런 수작은 제발 그

만두라고 말하며 먼저 내렸고 머쓱해진 그가 아이에게 자신이 아는 어떤 외국의 지명을 말하자 아이는 고개를 끄덕였다. 왜 하필 그곳이 떠올랐는지, 사실 굳이 그곳이 아니라 다른 곳을 말해도 아이는 수긍했을 것 같았지만, 분명한 이유는 떠오르지 않았다.

밤이 지나고, 창고에 들어간 그는 쇳물을 지우는 원숭이를 발견한다.

*

쥐어봐라. 네게도 손이 있지 않느냐. 이걸 가져오느라 애를 먹었다. 모두 나만 바라보는 것 같았지. 전철에서도, 거리에서도. 물론 괜한 걱정이었다. 그들은 나를 거리에서 지우듯이 걸었다. 병원 정문에서 네 간병인을 만났다. 다음 달에 일을 그만둬야 할 것 같다고 했는데. 대답은 하지 않았다.

누워 있지만 말고 일어나봐라.

네 생각을 알아야 할 것 같다.

생각. 몸은 멈췄지만 사고는 유지된다고 들었다. 사실 몸이 멈춘 것도 아니다. 너의 몸은 멈췄다기보다

느려지는 중이다. 하지만 내가 늙는 것보다는 더딜 것이 아니냐. 우리는 서로 다른 시간에게 좀먹히고 있다. 남은 수명이 서서히 수거당하는 상태의 너를 지켜보는 건 어려운 일이 아니다. 해줄 일이 별로 없기 때문이다. 그래서 이걸 가져왔다. 나는 많은 사람들을 속였다.

네 생각을 말해봐라. 매번 궁금하다고 했지. 몇 명이었어요. 네 입을 향해 밥그릇을 던지고 싶었다. 입술에 묻은 밥알을 훔치며 등교하는 너의 등에 총구를 겨누고 싶은 심정이었다. 대신 국그릇과 반찬 그릇을 바닥에 던졌다. 너는 아무것도 모른다. 다시 물어보자. 뭐가 궁금한 것이냐. 나의 기억? 혹은 그들에 대한 기억? 뚜렷하게 떠오르진 않는다. 기억을 떠올리는 일에 자주 실패했다. 기억이란 건 언제나 다른 그림자를 가진 건물들 같았고, 시간이 지날수록 골격만 남은 철거 현장에서 삽을 쥐는 기분이었다. 하지만 말해주마. 기억나는 대로. 무슨 이야기가 나올지는 나도 모르겠다. 무책임하겠지. 사실 과거라는 게 그렇다. 입맛에 맞게 부풀리거나 빼먹거나.

바닷물에 팅팅 부은 시체가 파도에 흔들리고 있었다. 검은 해초 더미가 목 언저리에 감겨 있었는데 누군가 품을 뒤지다 입에 들어간 해초를 빼내기도 했다. 머리가 검은 사람은 나밖에 없었고 아무도 내 말을 알아듣지 못해 한동안 애를 먹었다. 요트가 전복됐다고 들었다. 해변에는 진회색을 띤 자갈 수만큼이나 사람들이 많았고 바람에서는 피비린내가 났다. 언젠가 함께 플로리다 해변에 간 일을 기억할까. 모래를 뒤집어쓴 채 누워 있는 너를 보며 그날의 기억을 떠올렸지만 입 밖에 꺼내진 않았다. 산페르난도 항구에서 잠깐 기억이 돌아왔을 때, 나는 함께 온 사람들을 찾아봤지만 아무도 보이지 않았다. 누가 누굴 신경 쓰겠느냐마는, 심심하니까. 요트에서 관광객들이 쏟아지고 요트가 지나간 곳에선 매캐한 연기가 수면을 감쌌다. 하얀 제복을 입은 해경이 다가와 모포를 던졌다. 손사래를 쳤지만 내 얼굴은 보지도 않은 채 머릿수를 셌다. 그가 입은 제복에선 생활의 흔적을 찾아볼 수 없었다. 마치 막 군용품을 지급받은 신병처럼 보이기도 했다. 바닷물이 계속 계속 밀려가길 바랐다. 해무에 가려 희미해진 수평선까지 밀려가 여기가 사라지기를. 오랜만에 뭔가를 원했다.

그러고 보니 창문이 닫혀 있다. 올 때마다 냄새가 심하다.

*

　　침대 끝에 겨우 앉아 눈꺼풀이 무겁다고 감각하는 이마에 잠깐 머문 햇빛 테라스에 무리 지어 앉은 사람들을 지나치며 익숙한 현악기의 음률을 공원에서 기다리던 사람에게 낮잠처럼 속삭이며 팔다리를 벌려 창문에 매달리다시피 가까이 서 있었다. 여기가 세계의 끝이라면 이곳에 도착하는 과거와 지금으로 출발한 과거가 분간되지 않았다고 고개를 숙이자 창문 너머 도로변 계단 아래에는 공항에서 봤던 얼굴이 고요하게 그리고 좋아하게 강물을 가리켰는데 뭔가에 취해도 다른 약이 시공간을 빼앗아 가도 그 순간만은 파란 눈동자에 파란 입술을 맞추며 잠깐이지만 엘리베이터가 반나절은 정지했다고 느꼈다. 만일 이곳에 내가 없거나 내가 없었거나 내가 없는 기억에서 우리는 가늘고 쉽게 지나쳤을 거라고 별안간 옥상에서 추락하는 화분에 숨겨진 두근거림 불규칙한 조각들 무늬들 자신을 비울수록 가득 담기는 풀잎들 번개가 내리친 나무 아래에서 철사를 만지작거리며 오랜 시간 완전히 없어졌다. 시청으로 가는 길마다 바닥에서 꿈틀대는 오색의 단풍잎을 밟으면 장식으로 흐트러질 것처럼 기진맥진한 하루가 내년에도 어김없이 계속 이어질 것 같다고 생각했다. 침대 끝에 겨우 앉아 있었다. 강물에 어울리지 않는 요트가 지나가고 있었다.

*

나는 번개에 대해 생각해본 적이 없다. 번개에 대해 생각하는 사람은 관제사나 조타수, 검침원처럼 번개에 민감하거나 번개를 싫어하는 사람일 텐데, 나는 번개에 대한 관심도 싫증도 없는 편이며, 그보다는 어쩐지 번개와 감전사感電死가 가까운 사이처럼 느껴져서 어릴 적 친구가 전봇대에 올랐다가 감전을 당해 병원에 입원했던 기억이 자연스레 떠올랐다. 당시 친구는 분명 허공에 몇 초간 떠 있었는데 내가 이 말을 하자 모두 믿지 않았고 모두에게 확인시켜주기 위해 병상에 누운 친구에게 찾아가 감전된 몸으로 허공에 붕 뜬 기분이 어땠냐고 물었지만 쉽사리 대답해주지 않았다.

번개 맞은 소나무로 만들었다는 염주를 비싼 값에 산 다른 친구는 누가 봐도 비싸 보이지 않는 염주를 팔에 두르곤 만날 때마다 뭔가를 기대하는 표정을 지었는데 아무도 염주에 대해 묻지 않았고 미신에 자주 집착하는 그 친구가 한 번쯤은 직접 번개를 맞아도 좋을 것 같다는 상상을 했지만 말을 했다간 정말로 번개 맞을 자리를 찾으러 갈 것 같아 입 밖으로 꺼내지 않았다. 번개 맞을 자리로는 아무래도 커다란 나무 밑이 제일 적당할 것 같지만 그건 번개 맞은 염주와 다를 바 없어 보이고 기왕에 번개를 맞을 거면 나무나 우산 밑이 아닌 자신이 번개에 맞았다는 사실을 주변에서 알아챌 만한 넓은 장소가 좋을 것 같았고 그런 곳으로는 강만큼 적합한 자리가 또 없을 것 같았다.

  언젠가 친구들과 전류가 통하는 장대를 챙겨 강으로 간 적이 있는데 고무로 만든 옷과 고무장화를 착용한 우스꽝스러운 모습으로 강물에 전류를 흘려보냈지만 수면 위로 떠오른 건 배를 보인 개구리들뿐이었고 배를 보인 개구리들이 서서히 강물에 떠내려가는 모습을 보면서 우리 중 누구라도 감전을 당해봐야 다시는 이 짓을 하지 않을 거라는 생각이 들었다. 강물에 떠내려가던 개구리들 중 몇 마리는 정신을 차린 채 여러 방향으로 사라졌고 정신을 차리지 못한 개구리들은 강의 하류를 향해 떠내려갔는데 한동안 그 모습이 머릿속에서 떠나질 않아 만나는 사람들마다 감전당한 개구리가 강물에 떠내려가는 모습을 본 적이 있는지 묻고 다녔다. 감전당한 개구리는커녕 멀쩡한 개구리를 실제로 본 사람이 적다는 사실을 깨달았고 개구리를 사진으로만 봤다는 사람들 앞에서 도무지 할 말이 없어 입을 다물고 있는데 누군가 시골에서 살았느냐 물었고 시골보다는 그저 개구리가 많은 곳이라 대답했고 한여름 내내 개구리 울음소리를 듣는 일의 지루함에 대해 얘기하자 다른 누군가가 자신의 먼 친척이 비닐하우스에 떨어진 낙뢰를 맞았다는 얘기를 마치 자신이 직접 목격한 사람처럼 꽤나 실감하게 재연하는 바람에 개구리에 대한 이야기는 더 이상 할 수 없었다.

어쩌다 강물에 떠내려가는 개구리들이 머릿속에 들어왔는지, 그야말로 앞뒤도 인과도 없는 느닷없는 개구리들이 얼른 사라지길 바랐지만, 그러기란 쉬운 일이 아니었다. 한번 떠오른 생각이 머리에서 말끔히 사라지려면 적어도 반나절 이상 침대에서 벗어나 또렷한 정신을 가져야 하는데 그런 노력은 매일 실패로 돌아갔고 애당초 의식이 멀쩡한 상태가 어떤 기분이었는지도 잘 기억나지 않았다. 동네에 사는 친구에게 이 사실을 알리자 강한 충격이 있으면 좋겠다는 말과 함께 내 뒤통수를 세게 쳤고 찌릿하면서 짜릿한 그 상태가 나의 의식을 깨게 해주는 데에 도움이 되는 것만 같았다. 몇 차례 더 쳐주길 바랐지만 친구는 앞만 보고 걸었고 나 역시 부탁하지 않았는데 이러고 보니 주변의 일들과 사람들과 나의 생각이 마치 번개와 관련이 있거나 번개와 관련을 시킬 수 있을 것처럼 느껴지지만 그런 일은 하고 싶지 않다. 나는 번개에 대해 생각해본 적이 없다.

*

"밤이 오지 않습니다."

하고 그가 말한다. 기차는 한 방향으로, 주기적으로 멀어진다. 지평선에 태양이 걸쳐 있다. 어스름한 땅거미나 노을은 보이지 않는다. 그는 육교 난간에 팔을 기대고 있다. 나는 그의 등에 팔을 기대고 있다.

"밤이 오지 않는다니까요."

하늘이 군청색으로 짙어진다. 우리는 육교에 모인 다른 사람들처럼 약간은 지친 상태로 오랜 시간 서 있었다. 술병이 굴러온다. 굴러온 곳을 바라보지만 아무도 없다. 이제 태양이, 완벽하게 지평선 너머로 사라지리라.

나는 도시 외곽에서, 그는 도시 중심부에서 걸어 나와 건물들이 없는 곳으로 향했다. 어떤 의도나 상의 없이 그 끝은 항상 육교가 되는데, 아마도 이곳이, 먼저 밤이 도착하는 곳일 거라는 예전 누군가의 말 때문이라고, 내가 말하자 그는 겸연쩍은 표정으로 말한다.

"누가 그런 말을 했습니까? 저기 플랫폼에서 떠날 때인가요?"

그가 가리킨 방향을 바라보자 출구 번호가 적힌 표지판이 꺼질 듯 반짝이고 있다. 우리는 이틀 간격으로 만나 서로가 가진 인상을—이를테면 주말로 예정된 지인의 결혼식에서 서로 모른 척할 수 있는 방법과 도로에 트럭들이 자주 보이는 이유, 지역 신문 1면을 장식한 화가의 어릴 적 사진을 스크랩한 사실, 경매에서 낙찰된 거북이 등껍질로 만들어진 식탁, 쇳물을 마시는 원숭이 등—긴 대화로 나누곤 육교에서 헤어졌다. 각자 다른 계단으로 내려갈 때면 다시는 만나는 일이 없을 것 같았지만 여지없이 만나 다시 걸었다.

"밤이 오지 않는 이유는 다양한데……."

나는 그가 늘어놓는 궤변이, 종종 터져 나오는 웃음을 참을 수 없을 정도로 웃기면서, 말을 준비할 때의 그의 습관은 좋아한다. 그는 말한다.

"분간이 가질 않아요."

그는 오른손을 바지 주머니에 넣고 뒤진다. 허공에서 뭔가를 찾는 셈이다. 누군가 갑자기 소리를 지르고, 소리에 놀란 비둘기 떼가 날아오른다. 사람들이 서서히 자리를 벗어나고 있다.

"해마다 한두 명씩은 꼭 이 자리에서 떨어집니다. 마치 다리에서 바닷물로 다이빙하는 모습처럼요. 크게 다치지만 죽지는 않아요. 그들은 병원으로 빠르게 이송되고 그들의 가족과 친구들이 병실을 찾아가겠죠. 늦은 시간에요."

면으로 된 주머니 부분이 불룩하게 늘어나 있다. 갑자기 뭔가를 깨달은 것처럼, 그는 난간에서 몸을 떼고 고개를 들어 위를 바라본다. 주위가 어두워질수록 얼굴이 뚜렷해지는 것 같다. 그는 닻 모양의 열쇠고리를 꺼내 흔들고 있다.

그는 도시의 여러 가게들을 속속들이 알고 있다.

꽃집에서 누가 주문을 많이 하는지, 리셀숍에 진열된 상품들은 왜 날마다 가격이 다른지, 서점과 카메라 상점의 임대료, 몇 달 동안 공사 중인 카페까지.

"모두 알고 있습니다. 알고 싶지 않은 사정들에 대해서도 말입니다."

하고 말하며 그는 왔던 길을 향해 몸을 돌린다. 걸을 때의 생기는 찾아볼 수 없다. 나는 서서히 멀어지는 그를 바라본다. 그는 퇴장하는 것처럼 보인다. 평소보다 어쩐지 서두르는 것 같다. 코트를 벗어 그에게 건넨다. 그는 손사래를 치며 거절한다. 나는 매일 새벽 나를 짓누르는 무기력의 원인과 죽은 이름들, 삶에서의 규칙적이고 반복된 습관, 서류 뭉치, 예정된 이사 날짜에 대해서 쉴 틈 없이 말한다. 그는 반대편으로 천천히 멀어지는 중이다. 가로등이 켜진다. 언젠가 가로등이 없는 시골길을 밤새 걷고 싶다는 얘기를 나눈 적이 있다. 그런 일은 가능하지 않을 것이다. 알면서도 기대하는 투로 말했다.

"정확한 순간이 언제일까요? 이런 시간대일까요?"

우리는 함께 저녁을 먹은 적이 없다. 제의를 한

일도 없다. 야외 테이블에 앉아 심각한 표정으로 메뉴를 고르며 낮 동안 벌어진 일들에 대한 이야기를 나누고 밤을 준비하면……

이제 육교는 텅 빈 거리가 된다. 기차가 지나는 소리와 안내 방송도 들리지 않는다. 한기가 느껴진다. 어깨와 팔이 떨리고 피로가 몰려온다.

"같은 시간에 만나도 좋을 것 같습니다. 시간에 대한 개념은 없지만요. 저만 그런 걸까요. 당신도 시간 속에서 불행하다고 느낍니까? 저는 반대라고 생각합니다. 오히려 그 바깥이에요."

그는 반대편 계단에 서서 나를 바라본다. 표정이 보이지 않는다.

그리고 이제 그는 다른 시간으로 기억될 것이다. 이 자리에는 나 혼자, 술병을 발로 차며, 밤을.

*

길을 잘못 든 건지 사실 그곳에 가고 싶었는지 건물 입구에서 가드한테 인사하니까 엄지손가락으로 뒤를 가리켰어 가방을 검사하는 사람들이 핸드폰 카메라에 스티커를 붙이는데 병신처럼 그게 신호인 줄 모르고 먼저 들어가던 아랍계 몇몇이 신발을 벗더니 뭔가를 꺼냈다? 한번 보라고 그거 가짜 아니야? 몰라 걔네는 그냥 거기서 두리번거리는 게 존나 재밌는 거지 몇 시간 뒤에 지하 2층 플로어에 누워서 아기처럼 웅크리고 있는 걸 봤어 넌 그때 뭐 했는데 디제이가 자연의 소리를 재생해서 여기를 생각했지 졸려서 나까지 걔네 도움을 받아 눕고 싶었어 1층에선 비닐로 감싼 상자에 댄서가 들어가 푸른 조명을 받으며 허우적거렸고 그 위에선 뭘 전시했는데 너무 구려서 어제 먹은 학센을 접시에 담아 프로그래머에게 갖다주고 싶었어 3층 스피커는 들어줄 만하잖아 등받이 없는 소파와 매트리스 수십 개를 연결한 구역 기둥과 기둥 사이 어두운 잠깐만 그걸 어둡다고 느껴? 도대체 그딴 건 왜 하는 걸까 이미 다 했고 전혀 새롭지가 않은데 다른 도시를 안 가봐서 그래 거긴 라커룸 같았어 지난 세기 건물에 장난질을 하는 아무튼 오래 안 걸렸지 옥상으로 가는 계단은 막아놨더라고 거기도 끝장났지 무슨 소리가 들렸는데 목에 체인을 두르고 아랫입술을 피어싱으로 멋을 낸 쪼그려 앉아 담배 피우던 대학생이 요즘은 인도철학을 공부

하는데 이곳에서 3일이 지났을 때 윤회에 대해 어렴풋이 깨달았고 성자처럼 말하는 바람에 다시 가방을 찾아 건물을 나왔어 하이에서 내려온 거지 그러다 마주친 거야? 미리 우버 불러줘 이제 그만 좀 마시고 부르라고 있잖아 다리 아래 새로 생긴 서점에 갔는데 작년 도서전에서 강연하던 작가들을 만났던 것 같아 계산대에서 약간의 소동이 있었고 점원이 가방을 열어보라고 말하잖아 개같이 여기 와서 가방 검사만 몇 번을 하는 건지 그러니까 내가 말했잖아 종이가방을 들으라니까 아니면 빵 봉지를 품에 안고 실실 쪼개면서 갑작스럽게 내리는 비를 피해 한동안 말없이 근데 걔 언제 퇴원하는 거야? 걔네 아버지가 총을 갖고 있다는 게 사실일까 그럼 우리를 먼저 쐈겠지 빗줄기는 계속 굵어지고 은색 자동차가 시동을 끄며 문이 열리는데 아직 우버 안 불렀어? 저 차는 왜 여기에 주차하지 나가서 얘기 좀 해

*

당신은 에스파냐에서 이곳을 바라봅니다. 베를린 성당 앞 잔디밭에는 사람들이 엎드려 있고, 분수대

너머로는 시티투어 버스가 관광객을 실은 채 이제 막 목적지를 향해 출발합니다. 케이스를 열어 카메라로 사진을 찍었습니다. 스쳐 가듯 셔터를 눌렀다고 생각했는데, 훗날 필름을 확인하자 누군가는 꼭 렌즈를 바라보고 있었어요.

나는 그동안 당신의 유년에 대해 생각했습니다. 당신이 유년의 시기를 보낸 외국과 도시에 대해 생각했어요. 아주 어릴 때라고 했나요. 기억이 드문드문 갑작스럽게 떠오른다고 했습니까. 지금 그곳으로 간다면, 지나간 시간들을 거슬러서, 어릴 적 당신과 마주칠 수 있을지도 모른다고 상상을 했습니다. 조금 더 구체적으로, 키가 작고, 한국어와 영어를 섞어 쓰는 당신의 표정, 마스코트가 그려진 티셔츠, 자주 가는 놀이터, 부모님과의 대화, 이런 것들을 가까이서 경험할 수 있지 않을까 하면서요.

나는 지금 경험에 대해서 말했습니다. 우리는 항상 어디엔가 있지만 그곳을 경험했다고, 분명하게 말할 수 있을까요. 나는 베를린에서 자주 사라집니다. 레스토랑에서 학센을 주문하고, 카페 야외 테이블에 앉아 식은 커피를 몇 시간째 그대로 두고, 트램과 전철을 익숙하게 이용해도, 대부분 다른 곳을 떠올립니다. 우리의 거리는 좁아집니다. 그것은 마술일까요? 과학입니까? 인간이라서 가능한 의식의 어떤 부분일까요, 당신이 알려줄 수 있습니까?

  어제는 중앙역으로 가는 철교 아래에서, 인간들이 지겹다고 혼잣말을 했습니다. 전철 소리 때문에 시끄러운 그 틈에요. 지겨워요. 지겹습니다. 나는 누군가에게 인간이 아닌 장소로 기억되면 좋겠어요.

  그곳에선 어땠는지 물어보지 않겠습니다. 돌아가고 싶다거나, 좋았다거나, 싫었다거나, 여기가 더 좋다거나, 그런 얘기를 나누려고 이 글을 시작한 건 아니니까요. 나는 당신 자신이 경험한, 당신이 궁금합니다. 어쩌면 이곳에서의 내 얘기를 하기 위해 이런 질문을 하는 걸 수도 있겠네요.

  나는 에스파냐에 가겠다고 종종 거짓말을 했습니다. 사실은 가고 싶지 않으면서요. 지구본 어디에 위치한 줄도 모른 채. 아무려면 어떻습니까. 베를린도 그런 곳들 중 하나입니다. 베를린이라서, 베를린이기 때문에 중요한 건 아무것도 없었습니다.

  떠나기 전 본가에서 비디오테이프를 찾았습니

다. 1993년이라고 적혀 있었는데 재생할 장비가 없어 그대로 챙겨두기만 했어요. 무엇을 찍었고, 누가 찍었는지 전혀 기억나질 않습니다. 하지만 유년 시절의 저와 가족 혹은 친구들이 담겨 있을 거라는 걸 짐작할 수 있었죠. 안 봐도 비디오란 말을 실감했습니다. 저는 이곳에서 틈만 나면 핸드폰과 카메라로 많은 것들을 찍었습니다. 사진과 영상으로 훗날 기억하기 위해서일까요. 기억을 믿지 못해 기억을 불러일으킬 계기를 만든 걸까요.

어딘가를 떠나 어딘가로 간다는 게 요즘은 정말 피곤한 일처럼 느껴집니다. 나는 어떻게든 연결돼 있고 완벽하게 끊어낼 수 없는 것 같아요. 이럴 때 편지가 매우 유용합니다. 이메일도 좋고요. 닿아 있는 것 같지만 닿지 않는, 위태위태한 실에 올라탄 상태처럼 느껴져요.

당신의 메일을 읽으니 당신의 경험을 상상하게 됩니다. 다국적인 동급생들 사이에서 어떤 말투로 무슨 표정을 지었을지. 곧 서울로 돌아간다는 말을 그들은 믿었을까요. 어쩌면 모두가 같은 생각을 했던 건 아닐까요. 나는 종종 돌아갈 장소가 없으면 좋겠다고 생각합니다. 장소가 내게로 돌아오면 좋겠다고 생각합니다. 내게도 수많은 장소가 있고 떠나왔는데 어째서인지 하루하루가 공중에 뜬 열기구처럼 지나갑니다.

*

    잠깐 내려다본 바닷속은, 낮은 암흑으로 일렁였다. 선장과 선원은 보이지 않고, 나는 밤바다에서, 이제 모든 게, 다시 처음처럼 가라앉길 기다린다.

에세이

당신을 통한 감각론

당신은 겨울을 좋아한다. 당신은 왼쪽에서 걷기를 좋아하고, 걸을 때에는 일행의 얼굴을 바라보지 않는다. 당신에게는 5백 권이 넘는 책이 있는데, 그중 백 권만 남기고 나머지는 쓰레기통에 버리고 싶다는 충동을 종종 느낀다. 당신은 새의 눈을 오래 바라보다가 실명할 뻔한 적이 있다. 당신은 목소리가 큰 사람을 싫어한다. 당신은 지하철이나 엘리베이터에서 문이 열릴 때 먼저 들어오는 사람을 싫어한다. 당신은 왼손잡이다. 당신은 눈물을 흘리기 전 아랫입술을 깨무는 습관이 있다. 당신은 벌을 무서워한다. 하천에서 물놀이를 하다가 발바닥을 벌에 쏘인 적이 있기 때문이다. 당신은 존 댓말보다 반말을, 반말보다는 침묵을 선호한다. 당신은 F-16 전투기를 정비한 적이 있다. 당신은 이란성쌍둥이로 태어났다. 당신이 참지 못하는 것은 심한 허기와 편두통, 참는 것은 간지럼이다. 당신은 유독 손발톱이 크다. 당신의 몸에는 열두 개의 문신이 새겨져 있다. 당신은 난시가 심한 편이며 안경보다 렌즈를 즐겨 낀다. 당신이 한여름에도 발바닥까지 이불을 덮는 이유는 어릴 적 읽었던 동화 때문이다. 동화는 이불에 숨은 도깨비가 발을 가리지 못해 아이에게 정체가 탄로 나고 집에서 쫓겨나는 내용이다. 당신은 음악을 들을 때 고개를 까닥거리고 고개를 까닥거리는 자신을 누군가 봤을까 흠칫 놀라며 주위를 둘러본다. 당신의 코는 오른쪽으로, 골반은 왼쪽으로 휘어져 있다. 당신에게는 남에게 말하지 못할 습관이 두 가지 있다. 당신은 외계인, 전생, 시간여행, 아틀란티스, 평행우주를 믿고 지옥과 천국, 드라큘라, 귀신, 사후세계, 사주를 믿지 않는다. 누군가가 당신에게 어떤 소설을 쓰는지 물으면 대답을 하지 않은 경우가 많다. 누군가가 당신에게 왜 소설을 쓰는지 물을 때에도 대답을 하지 않은 경우가 많다. 전자와 후자는 전혀 다른 이유에서다. 먼 훗날 더블린 어느 공원 벤치에 앉아 있는 당신을 상상한다. 당신이 가장 많이 잃어버리는 것은 우산이다. 이십대 때, 우산을 수집하는 사람을 만나본 적이 있다. 하루에 여섯 편의 영화를 연달아 본 날, 당신은 커피를 흘렸다. 당신은 디저트를 좋아하지 않는다. 빵과 케이크가 유명한 도시에서 햄버거만 먹었다. 당신은 여행을 다녀온 나라들 중 인도를 가장 싫어하는데 구체적인 이유는 없다. 프랑스로 여행을 간 친구가 로베르 데스노스의 무덤을 사진으로 전송하자 책장을 뒤져 초현실주의자들의 책을 정리했다. 당신은 자신의 태몽, 운명, 미래를 믿지 않는다. 당신은 어느 날 갑자기 담배를 끊을 수 있다고 생각한다. 당신을 고등학교 기숙사 2층에서 뛰어내리게 한 선배는 얼굴이 주근깨로 가득했다. 당신은 발군의 유머 감각을 가졌다고 자부하지만, 그것이 착각이라는 사실도 알고 있다. 다만 자신을 향해 누군가가 웃어주면 좋겠다고 바란다. 당신은 펍에서 다섯 시간 동안 쉬지 않고 춤을 췄다. 당신은 고양이를 만나면 손을 흔들고, 강아지를 만나면 엄지손가락을 치켜든다. 당신을 감정적으로 흥분시키는 건 좋아하는 작가의 신작, 일본식 요리, 우연히 마주친 공구가게, 관람객이 없는 미술관, 졸음이 쏟아지는 영화, 요란한 무늬로 장식된 엽서이다. 당신이 구글에 가장 많이 검색하는 단어는 Teasmde. 당신은 최근 브리스 디제이 팬케이크의 소설에 오래 머물렀다. 하루에 커피 두 잔, 담배 반 갑, 한 시간 안에 다녀올 수 있는 왕복 교통비, 주머니가 많은 야상, 새 운동화. 간혹 이것들만으로도 충분하다고 느낀다. 당신은 액세서리를 하지 않는다. 어릴 적 당신의 집에는 동물이 많았는데 그중 가장 좋아했던 것은 매다. 날개를 다친 매를 데려와 치료한 뒤 산으로 보냈다. 당신이 친구라고 생각하는 사람은 다섯 명이다. 당신은 뱀을 죽인 적이 있다. 당신은 산 정상에서 만세를 외치는 사람이 이해가 안 가지만, 해변에서 소리를 지르는 사람은 이해가 간다고 생각한다. 당신은 검은 옷을 좋아한다. 하지만 베를린의 Berghain 클럽에서 대다수의 사람들이 검은 옷을 입은 것을 보곤 질색했다. 당신은 날짜를 착각해서 약속을 미룬 적이 많다. 당신은 의식의 흐름이라는 표현을 좋아하지 않는다. 당신은 간혹 'ㄱ'을 'ㅋ'으로 발음한다. 당신이 강의 시간에 자주 하는 말은 '예를 들어'이다. 당신은 놀이기구를 타지 않는다. 일생에

한 번 놀이기구를 탄 후 다시는 오지 않겠다고 다짐했다. 당신의 아랫배에는 가로로 5센티미터 정도의 맹장 수술 자국이 남아 있다. 당신은 감정적이다. 당신은 고독하다고 느끼지 않는다. 이탈리아에 다녀온 친구가 사다 준 압생트를 마신 날, 당신은 방바닥을 데굴데굴 굴렀다. 당신은 비행운이 흩어지는 하늘을 바라보며 다른 사람들의 기억을 떠올린다. 당신은 하루 종일 걸을 수 있다. 당신은 목디스크를 요가로 치료했다. 당신은 할머니가 살던 시골의 강변에서 잠든 적이 있는데 늦은 시간까지 귀가하지 않는 당신을 찾기 위해 친척들 모두 집을 나선 적이 있다. 당신은 전설의 동물을 만나기 위해 계획을 짰지만 실행에 옮기진 않았다. 당신은 언젠가부터 포스터를 모으지 않는다. 책갈피도 모으지 않는다. 당신은 필름을 현상한 뒤 서랍에 차곡차곡 쌓아둔다. 당신은 스물다섯 살 때부터 글을 쓰기 시작했다. 당신은 하프마라톤대회에 출전하기 위해 두 달을 준비했고 완주 후에는 무릎을 다쳐 세 달을 고생했다. 당신은 히토 슈타이얼의 책을 읽다가 검색한 영상을 보고, 아마도 처음 과학에 대한 불신을 느꼈다. 당신은 카페에서 구석 자리를, 식당에서 중앙 자리를 찾아서 앉는다.

당신의 입술 오른쪽 끝에는 좁쌀 크기의 점이 있다. 술에 취한 누군가가 점을 떼려고 하자 입술을 가리고 박장대소를 했다. 당신은 맑은 날보다 흐린 날에 안정감을 느낀다. 당신은 현기증이다. 당신은 머뭇거리는 손끝이다. 당신에게 거액의 저축금이 있다면, 가장 먼저 창고를 살 것이다. 창고에 가축과 책과 골동품과 고장 난 전자제품과 마네킹을 쌓아둘 것이다. 한편에 볏짚을 깔아 해가 질 때까지 잠을 잘 것이다. 당신은 모자가 잘 어울리는 사람에게 호감을 느낀다. 당신은 누구에게나 친절한 사람과 거리를 둔다. 당신의 방에 있는 1인용 소파는 오래 앉으면 허리가 부러질 것 같지만 당신이 가장 아끼는 가구이다. 당신은 다프트펑크의 해체 영상이 공개된 새벽, 혼자 술을 마시다가 소파에서 잠들었다. 당신은 놀랄 정도로 귀가 작다. 당신은 물에 젖은 고목에 코를 대고 오래도록 맡았다. 당신은 뮌헨의 마리엔 광장에서, 한때 좋아했던 사람과 눈 마주쳤다고 착각했다. 당신은 로터리를 지날 때 로터리 중앙에 서 있는 상상을 한다. 당신은 고속철도 운전석 옆자리에 앉아 터널을 정면으로 바라보며 몸을 옥죄는 공포감을 느꼈다. 당신은 감기에 걸리지 않는다, 라는 문장을 적기 위해 감기에 걸렸던 적이 언제인지 떠올렸지만 역시나 까마득하다. 당신이 독서에서 얻는 즐거움은 해가 지날수록 줄어들고 있다. 마찬가지로 인간관계에서 느껴지던 긍정적인 기분마저 희미해지고 있다. 당신은 늙고 있다. 당신은 주로 밤에 휘파람을 분다. 당신이 좋아하는 악기는 트럼펫, 배우고 싶은 악기는 베이스 기타. 당신에게는 인생에서 도달해야 할 지점이 없다. 무슨 일에도 감흥을 느끼지 않는 시절, 당신은 처음으로 자신의 죽음에 대해 생각했다. 당신보다는 당신의 글이 기억되길 바란다. 당신은 약속 장소에 먼저 도착해 자신을 향해 걸어오는 상대방을 바라보는 일을 좋아한다. 당신은 자전거로 중학교를 통학했는데, 하굣길에 똬리를 튼 구렁이를 보고 피하려다 넘어져 무릎에 흉터가 남았다. 당신은 최근 헝가리 감독인 베네덱 플리고프의 〈포레스트—아이 씨 유 에브리웨어〉를 보곤 이런 소설을 쓰고 싶다고 생각했다. 당신은 산책한다. 당신은 낮게 읊조린다. 당신은 손바닥을 바라본다. 당신은 대화한다. 눈이 내리기 시작하면 가로등 아래 서서 당신에게 다가올 일에 대해 생각한다. 당신은 가위에 눌릴 때 깨어나는 확실한 방법을 알고 있다. 당신은 가족을 사랑한다. 누군가를 사랑하는 만큼 당신 자신을 사랑하는지는 모르겠다. 당신은 세계의 바깥에서 벗어나길 바라고 있다. 당신은 흐린 안개가 깔린 도시의 불빛이다. 당신은 지팡이를 갖고 싶었다. 당신에게는 신자유주의도, 새로움도, 계몽가도 필요 없다. 결국엔 당신이 원치 않는 모든 것들이 당신을 구성할 것이다. 당신은 소식을 전하지 못한 사람들에게 미안함을 느끼지 않는다. 당신은 이제 익숙하다고 느낀다. 당신은 생각을 정리하면서 손가락을 튕기는 버릇을 갖고 있다. 당신은 양발잡이다. 당신의 인생에 기적은 아직 오지 않았으며, 오지 않아도 괜찮을 거라고 생각한다. 당신은 하루에 네 시간 이상 잠을 자야 일상을 안정적으로 보낼 수 있다. 당신은 하얀색 양말을 즐겨 신는다. 당신은 양쪽 귀에 피어싱을 한 적이 있다. 당신은 페터 한트케의 소설보다 희곡을, 사뮈엘 베케트의 희곡보다 소설을 좋아한다. 토마스 베른하르트의 희곡은 아직 읽지 못했다. 당신은 당신의 연극이 공연되기 전, 공연장 객석에 홀로 앉아 드레스리허설을 하는 배우들의 몸짓을 바라보면서 메모하는 것을 좋아한다. 당신은 카페테라스에 앉아 벌목된 산을 몇 시간 내내 바라봤다. 당신은 꽃을 좋아하지만 꽃의 이름을 외우진 않는다. 당신은 충동적으로 누군가를 만나고, 여행을 가고, 미룬 결정을 하고, 물건을 산다. 당신이 올해 포춘쿠키에서 뽑은 운세는 '지루하게 진행되었던 일에 끝이기 보이기 시작합니다'라는 문장이다. 당신은 대체로 긴장하지 않는다. 당신은 한여름에도 땀을 흘리지 않는다. 당신은 바다낚시를 하다가 낚싯대를 부러뜨렸다. 친구는 상어가 미끼를 문 것 같다고 말했지만, 열두 시간 바다를 바라보며 멀미를 느끼느라 그의 말이 허황된 것처럼 들렸다. 하지만 실제로 멀리 떨어진 곳에 있던 사람이 성인의 다리 길이만 한 상어를 낚았다. 당신에게 예지력이 있다고 믿는다. 당신은 자작나무라는 단어가 적힌 시를 싫어했는데, 자작나무 숲에 다녀온 이후로 자작나무를 채집하듯 시집을 읽는다. 당신은 전기에 감전된 사람을 알고 있다. 당신은 해변에서 용왕에게 제사를 지내는 무당을 봤다. 당신의 혈액형은 B형, 피부는 까무잡잡하고, 가족 중 자신의 피부만 다른 이유에 대해 울면서 따진 적이 있다. 당신의 어머니는 당신을 다리 밑에서 주워 왔다고 말했다. 당신은 리바이스 청바지 매장에서 오래 근무한 이후로 청바지를 입지 않는다. 당신은 항공산업체에서 일을 하다가, 용접이 막 끝난 철판을 옮겼고, 손바닥 전체에 화상을 입었다. 빗물이 고인 웅덩이에 손을 넣자 실지렁이 같은 연기가 피어올랐다. 당신은 고등학교 중창단에서 바리톤을 맡았다. 당신은 자신도 모르는 새에 누군가의 죽음에 관여했을 수도 있다. 당신은 작업을 하기 전 노트북을 닦는 습관이 있었다. 오래전 일이다. 당신은 기술의 발전으로 이제는 쓸모가 없어진 전자기기를 만지작거린다. 당신은 매일 어디론가 진입한다. 당신의 숙부들은 각각 체구가 다른데, 키가 크고 마른 숙부는 종종 당신의 아버지와 함께 찍은 사진을 보낸다. 작고 통통한 숙부는 당신을 잊은 듯하다. 당신은 언젠가 미국 서부도로를 달린다면, 여행의 끝에서, 선인장을 끌어안고 사진을 찍으리라 생각한다. 당신은 바짓가랑이가 찢어진 채로 아침부터 저녁까지 대학 수업을 들었다. 당신은 지치지 않았다. 당신은 신념을 잃지 않았다. 당신은 건강과 야망을 잃었다. 당신에게는 당신의 방식으로만 작동될 소설에 대한 믿음이 있다. 당신은 기진맥진한 상태로 잠들고 싶지 않다. 당신은 여섯 살까지 맑은 날에도 파란 장화를 신고 걸었다. 당신은 재개발구역으로 구획된 행정지도를 갖고 싶다. 당신은 금서를 읽다가 뒤통수를 맞았다. 당신은 빌딩 유리에 비친 햇빛을 눈이 시리도록 바라봤다. 당신은 희미한 광선을 두꺼운 면으로 확장시키고 있다. 당신은 지금 쓰지 않으면 잊을 것 같은 글을 생각한다. 당신은 결코 적지 않은 수의 동물을 묻었다. 당신은 언젠가부터 낙서를 하지 않았다. 이제, 당신은 당신의 이야기를 해야 한다고 생각한다. 당신의 말을 당신만 들어도 괜찮다고 생각한다. 당신은 서투르지 않고, 서두르지 않는다. 당신은 소설에게 당신의 손을 빌려준다. 당신은 감각에게 당신의 입술을 빌려준다. 당신은 모든 것에게 당신의 모든 것을……. 당신에 대한 감각이 여기로 오고 있다.

해설

감각을 위한 논리

— 박혜진(문학평론가)

두 갈래의 문학

　　인간 민병훈에 대해 내가 아는 바는 거의 없거나 아예 없다. 그러나 소설가 민병훈에 대해서라면 조금은 할 말이 있고, 그래서 이 글을 요청받았을 때 나는 내심 기쁜 마음까지 들었다. 글의 성격이 무엇인지 따위는 조금도 중요하지 않았다. 그저 그가 걷고 있는 외딴길에 대해 무언가 증명하고 싶다는 욕망, 스스로도 정확히 알기 힘든 그 욕망의 정체를 파악할 수 있는 기회가 왔다는 것이 반가울 뿐이었다. 민병훈이 쓰는 글은 어딘가 다르고, 다른 그 글을 계속 쓰는 행위는 그를 특별하게 만든다. 행위의 지속이 누적되며 행위의 의미가 발생한다. 그렇다면 행위의 내용은 무엇인가. 민병훈은 누구보다 작가이길 원하지만 어떤 작가도 민병훈이 하는 것만큼 분명하게 작가임을 '포기'할 수 없을 것이다. 두 부류의 작가가 있다. 물건을 만드는 작가와 재료를 만드는 작가. 물건 대신 재료를 만드는 민병훈은 만들어진 세계가 아니라 만들어질 세계를 완성한다. 익숙한 세계의 작가이기를 거부한 그가 치러야 할 대가는 외롭고 쓸쓸한 길 위에서의 정주일 것이나 민병훈을 아직 명명되지 않은 세계의 유일한 작가로 위치시키는 것 역시 그가 선택한 쓸쓸한 길이다. 이 글은 민병훈만이 작가로 존재하는, 아직 불리지 않은 세계에 대한 이야기가 될 것이다.

    미지의 세계로 진입하기에 앞서 보편적 세계에 대한 이야기를 확인하는 것이 먼저겠다. 시소가 있다. 그 시소에는 한 명의 작가와 한 명의 독자가 타고 있다. 둘 사이에는 기울기가 존재한다. 기울어지는 방향은 작가가 앉아 있는 쪽이다. 작가의 수는 그대로이고 독자의 수는 증가한다고 해도 결과는 마찬가지다. 기울어지는 것은 작가 쪽이다. 이야기가 작가로부터 발생했기 때문이다. 그러나 기울기가 곧 권력을 의미하지는 않는데, 가벼운 탓에 더 높이 올라간 독자들은 작가보다 더 많은 것을 볼 수 있다. 작가보다 높은 곳에서 작가가 보지 못하는 것들까지 볼 수 있다. 작가가 보지 못하는 것 중에는 작가 자신도 있을 테고, 어쩌면 작가가 보지 못하는 걸 독자들이 본다는 점에서 권력이 있다면 작가보다 독자에게 더 가까이 있다고 볼 수도 있다. 작가는 깊이를 지배하지만 독자는 거리를 지배한다. 깊이와 거리의 역학은 한 작품의 문학성에 이름을 부여하는 근거가 된다.

    작가가 심연으로 내려가면 내려갈수록 독자는 더 많은 것을 볼 수 있다. 둘 사이가 180도를 이룬다고 해보자. 작가가 땅속 가장 깊은 곳에 내리꽂힐 때 독자는 꼭짓점에서 내려다볼 수 있다. 심연의 내용이란 대개 다양한 사상의 형태로 표현되어왔다. 철학이나 종교라고 범주화할 수 있는 종류의 지식들 말이다. 도스토옙스키의 『죄와 벌』이 획득한 문학성이 어떻게 구성되어 있는지 어렵지 않게 상상할 수 있다. 살인을 저지르는 심리와 그런 자신의 행위를 합리화하는 심리, 그럼에도 죄의식에 시달리는 심리를 통해 죄와 벌이라는 중립적 관계 사이에 새로운 관계가 성립될 수 있는 갈등을 심는다. 새로운 관계에 대한 고민은 읽는 이의 몫이다. 둘 사이가 긴밀하게 연결되어 있으면서도 독립적으로 작용하는 작품들이 '문학성'을 독점해온 것이 문학사의 오래된 역사다. 나는 이것을 선험적 문학성이라고 부른다.

그런데 어떤 소설, 어떤 작가는, 작가와 독자 사이에 존재하는 이러한 역학에 따라 문학성이 결정되는 것을 견딜 수 없어 한다. 그들은 다른 길을 선택한다. 그 길에는 깊이와 거리를 잴 수 있는 단위가 없다. 작가가 쓴 것을 독자가 읽는 '선험적인' 세계에서 벌어지는 일들이 소설의 핵심을 이룬다고 보지 않는 작가들 말이다. 그들은 독자에게 읽을 것을 주지 않는다. 오히려 독자에게 작가의 행위를 유발한다. 작가가 하고 있는 고민을 독자도 동일하게 경험하도록 유도한다. 이는 작가가 쓴 열린 결말을 독자가 이어 계속하는 것과도 다르다. 독자는 작가가 된다. 그런 의미에서라면 애초부터 작가는 작가가 아니다. 작가와 독자가 수평을 이루고 있는 기울기 0도 위에서 이루어지는 소설과 소설가의 관계는 무엇이며 소설가와 독자의 관계는 무엇인가. 작가와 독자가 앉아 있는 시소가 수평을 이룰 수 있는 것은 둘 사이에 연결된 이야기가 없기 때문이다. 작가가 쓴 조각으로서의 이야기를 공유할 때 독자도 그 조각들 속으로 들어간다. 그들은 주고받는 관계가 아니라 함께 방황하는 관계다. 이 관계항에서 작가가 깊이를 지배하고 독자가 거리를 지배하는 역할은 폐기된다. 나는 이것을 경험적 문학성이라고 부른다.

무의식의 리얼리티

민병훈의 소설을 처음 읽었을 때 무엇보다 "나는 그의 말을 알아듣고 싶었"(「겨울에 대한 감각」, 26쪽)던 것 같다. 설명할 수 없는 이유로 그의 소설에 끌렸고, 이 끌리면서도 그 끌림의 성질을 알 수 없었다. 여기 실린 세 소설을 읽었을 독자들과 마찬가지로 나 역시 좀처럼 읽어내기 힘든 그의 글 앞에서 난감함을 느끼기도 했다. 읽다 말다 몇 차례 반복하던 끝에 나는 스스로에게 질문을 던져야 했다. 지금 이 읽기를 방해하는 것들의 정체에 대해서 말이다. 읽는다는 것은 쓰여진 것을 받아들이는 일대일의 관계에서 비롯되는 행위가 아니다. 작가가 쓴 것과 독자가 읽는 행위 사이에는 코드화된 문법과 문화 위에서 작동하는 습관이 있다. 읽기는 문화적 습관이 종합적으로 적용되는 장소다. 소설이라면 어떨까. 인물이 행동하고 생각하고 그 행동이나 생각이 전후 맥락을 형성하며 발전해나갈 것이다. 소설뿐만 아니라 우리가 세상을 이해하는 방식도 이와 다르지 않다. 민병훈의 소설을 읽기 힘든 건 그의 소설에서는 습관이 작동하지 않기 때문이다. 약속된 것이 아무것도 없는 곳에서 우리는 오직 자신의 무의식에 의지해야만 한다.

읽히지 않는 민병훈의 소설은 의식이라는 만들어진 심연이 아니라 무의식이라는 원초적인 표면을 재현한다. 시각으로, 청각으로, 촉각으로 감각된 것들이 무차별적으로 '현상'하는 가운데 이 소설이 재현하는 것은 독해할 수 없는 표면으로 이루어진 무의식이다. 무의식을 재현하는 리얼리티라는 측면에서 민병훈 소설은 달리의 환상적 리얼리티를 연상시킨다. 무의식은 의식의 반대말이 아니라 의식되지 않은 의식이다. 의식되지 않은 의식은 의식 없음과 구분되어야 한다. 부재의 증거가 존재의 부재는 아니기 때문이다. 그러나 분류되지 않고 파악되지 않았다는 것, 즉 인식되지 않는다는 것은 사실상 없는 것이나 다름없다. 있음의 세계에 편입되지 못한 채 없음의 영역으로 배척된 것들을 다 헤아리며 살아가는 것은 불가능하므로 우리는 우리가 볼 수 없는 세계와 타협한 채 살아가는 길을 택했다. '무無의식이 있다有'고 말함으로써 우리 의식이 가닿지 못하는 곳 너머에 대한 판단을 중지하는 것이다.

    민병훈의 소설을 읽기 전까지 나는 무의식을 의식의 반대급부이거나 거대한 하나의 세계로 그것을 파악했다. '무의식'은 '의식'이라는 대립 항을 지닌 관념과 추상의 개념으로 존재할 뿐 그것이 어떤 형상으로, 그러니까 감각으로 다가온 적은 없었다. 그러나 만들어진 의식의 세계에서 살던 우리가 원초적 무의식의 세계로 눈길을 돌리는 시점은 누구에게나 발생한다. 인생을 살다 보면 반드시 어느 시점에는 불가해한 사건 속에 놓인다. 오직 혼돈만이 확실한 상황 같은 것. 그 일은 의식의 세계에 거주하던 우리에게 또 다른 세계가 있다고 말한다. 그때 우리는 미처 파악하지 못했던 단서를 발견하기 위해 과거를 들추어내고 사건과 관계있을 만한 에피소드를 떠올린다. 그러나 그 관계성을 입증해줄 수 있는 사람은 아무도 없다. 무엇이 증거이고 무엇인 단서인지 끝내 알 수 없다. 그렇다면 민병훈이 알 수 없는 무의식의 재현을 통해 말하려는 것은 무엇일까. 오직 모른다는 회의적인 입장의 재확인일까.

  그렇지는 않을 것이다. 그의 소설은 하나의 해석에 반대하는 저항의 형식을 띤다. 의식을 믿지 않는 데에서 비롯되는 형식은 무의식의 리얼리티를 가중시킨다. 민병훈 식으로 말하면 이 책에는, 그러니까 여기 실린 세 편의 소설에는 오직 "나의 자연과 당신의 자연만이"(「겨울에 대한 감각」, 17쪽) 있을 뿐이다. "슈퍼마켓과 공원과 망상을 지났다"(18쪽)고 말하는 작중 화자의 표현처럼 이 책에 수록된 세 편의 이야기에, 나아가 민병훈이 쓰는 소설에 대해 말할 수 있는 한 가지 질서가 있다면 우리 의식을 스쳐 지나는 슈퍼마켓과 공원과 망상이 같은 범주 안에 존재할 수 있다는 것이다. 슈퍼마켓와 공원과 망상을 구분하는 의식이라는 층위를 잊자 그의 소설이 보이기 시작했다. 작가가 숨겨놓은 질서를 발견하며 나아가는 것이 선험적 문학의 세계라면 작가가 꺼내놓은 혼돈을 따라 헤매는 것이 경험적 문학의 세계다. 모든 것이 괜찮을 때 이런 소설은 잘 보이지 않는다. 그러나 스스로가 혼돈에 사로잡혔다는 생각이 들 때, 아무것도 약속해주지 않는 차가운 세상을 살아나갈 수 있는 길을 보여주는 건 이런 혼돈의 소설이다. 그때 우리는 혼돈을 부추기는 무의식의 리얼리티만이 실존적 고통의 재현일 수 있음을 뒤늦게 깨닫는다.

이미지를 통한 환기

무의식의 리얼리티는 이미지를 통해 가시화된다. 작가와 독자는 우주 공간을 부유하는 것처럼 무중력 상태에 있다. 방황에 함께하는 작가와 독자는 이야기를 주고받는 대신 불연속적 이미지를 공유한다. 민병훈 소설에서 가장 두드러지는 특징은 강박적이라고 할 수 있을 만큼 반복적으로 나타나는 불연속성이다. 하나의 이미지와 또 다른 이미지들, 그리고 다시 이어지는 이미지들의 연쇄는 의식에 현상하는 것들을 있는 그대로 보여준다는 생각이 들 만큼 다층적이고 산만하다. 다층적이고 산만하다는 것은 인식의 리얼리티가 생생하게 확보되고 있다는 뜻이기도 하다. 우리가 일상생활에서도 경험하는 이런 불연속은 '이야기'라는 구성체에서는 소거되어야 하는 불순물이자 방해물이다. 흐름을 방해하기 때문이다. 그러나 민병훈은 흐름을 방해한다는 바로 그 이유로 인해 불연속성을 소설의 구조로 채택한다.

불연속적으로 돌출하는 이미지들 사이에 숨겨진 연결고리가 있다면 그 역시 작가가 만들어놓은 그림을 발견하는 방식으로 읽게 될 것이나 민병훈 소설에는 그런 것이 존재하지 않고 끝내 존재하지 않는다. 그럼에도 분산되는 의식을 최소한으로 묶어두는 사건은 등장한다. 죽음과 같은 충격적인 사건이다. 그리고 그 사건을 해석하기 위해 과거를 불러오고 있다는 단서도 드러난다. 이런 몇몇 단서를 바탕으로 불연속적인 이미지들에 질서를 부여하는 해석을 시작하자면 민병훈 소설은 병리학적 관점에서 읽어내야 하는 심리소설의 전형이 될 것이며 불연속성은 불안이라는 심리적 현상에 대한 표현이자 트라우마적 상황에 대한 결과로 섣불리 이해될 것이다. 그런데 흥미로운 것은 민병훈 소설에서 화자는 그렇듯 병리적인 인물로 등장하지 않는다는 것이다. 오히려 소설의 화자들은 의식에 현상하는 것들을 해석하지 않은 채 내버려두는 적극성을 보인다. 이해하기 위해 인과관계를 맺고 서사를 만드는 것은 쉬운 일인 동시에 수동적인 일이다. 그러나 확신할 수 없는 사건들을 인식할 수 있는 그대로 내버려두는 것은 어려운 일인 동시에 적극적인 일이다.

「불안에 대한 감각」은 선원이 되어 바다로 나가기 위해 상선을 지원한 화자가 요트를 타고 항해하던 중 발생한 모종의 사고와 그로 인한 인명 피해, 그리고 그 사건을 기억하는 훗날의 화자에 대한 이야기다. 그러나 읽는 사람들의 예상과 달리 소설은 이미지에서 이미지로 건너뛴다. 요트 사고 당시 물 위에 떠 있던 시체들의 이미지와 더불어 그의 의식에 출현한 것은 유년 시절 감전된 개구리의 사체가 물 위에 떠 있던 모습이다. 서사를 통해 '파악'될 수도 있는 사건을 이미지를 통해 관찰하는 이유는 기억이라는 성급한 재판 과정에서 만들어내는 서사를 신뢰하지 않기 때문이다. 이미지는 서사에 대한 회의에서 탈출한 그가 도착한 도피처이자 새로운 출발점이며 유일한 안식처이기도 하다. 그는 사진을 찍듯이 소설을 쓴다. 그의 소설은 흘러가는 대신 건너뛰고 움직이는 대신 멈춰 있다.

「겨울에 대한 감각」에는 잠겨 있는 사물의 이미지들이 불연속적으로 출현한다. 이국에서의 시간, 어머니와 화자가 일본으로 여행을 갔던 상황, 유학 시절의 에피소드, 출국 심사를 위해 공항에서 보내는 시간 사이사이로 그가 보고 그가 떠올리는 생각들을 그대로 지켜보는 소설이라 할 수 있다. 그런데 이미지들 사이 하나의 사건이 등장한다. 1955년 겨울에 태어나 2005년 여름에 소멸한 아버지의 죽음이다. 그리고 중심축이 되는 이미지는 시작될 때 만나는 소나무와 백조의 이미지다. 소나무는 땅 위의 백조고 백조는 물속의 소나무다. 소나무와 백조는 하반신이 잠겨 있다는 점에서 같은 부류이다. 소나무가 자리를 옮길 수 없는 것과 달리 백조는 자리를 옮길 수 있지만. 소설의 후반부에 가면 폭설로 인해 모든 일정이 미뤄진 상황에서 화자는 자신이 눈에 잠기는 것을 상상한다. 그때 화자는 눈이 내리는 모습을 보고 눈송이가 아니라 "이름 모를 도형들이 흩날린다"(18쪽)고 표현한다. 눈송이라는 이름이 아니라 각각을 구성하는 형태를 파악하는 것은 그에게 세상이 하나의 이야기가 아니라 파편화된 이미지를 통해 존재한다는 것을 보여준다.

　한편 「벌목에 대한 감각」에 등장하는 화자는 산속에 위치한 집에서 살며 밤이 되면 나무가 쓰러지는 환청을 듣는다. 남자의 환청에는 저간의 사정이 있다. 벌목하던 당시 자신이 자른 나무에 의해 함께 일하고 있던 동료가 사망하는 사건이 발생한 것이다. 그 후로 이모 집에 살며 시간을 보내는 와중 산속에서 벌목 작업이 벌어지고, 벌목 작업이 이루어질 수 없는 한밤중임에도 불구하고 밤이 되면 '나'는 자꾸 나무가 쓰러지는 소리를 듣는다. 쓰러진 나무가 나를 덮칠 수는 없는 상황이므로 한밤중에 듣는 벌목 소리는 죽음에 대한 직접적인 공포라기보다는 이전에 자신으로 인해 발생한 사건에 대한 두려움일 수 있을 것이다. 그러나 소설은 이를 트라우마로 인한 환청으로 환원시키기보다 쓰러지는 나무에서 남자가 사는 집까지의 거리를 연상시키는 방법을 통해 사건을 공간으로 이미지화한다.

　세 편의 이미지 소설은 제각기 다른 개수의 컷들로 이루어진 모자이크처럼 존재하되 궁극의 이미지를 향해 모이지 않는다. 어떤 소설은 한 장의 사진을 통해 사진을 찍었던 시절과 공간에 대한 기억을 환기하고 어떤 소설은 조각난 사진을 붙여놓음으로써 사진과 사진 사이에서 새로운 이미지가 흘러나오도록 한다. 이들 소설은 이미지가 줄 수 있는 환기의 힘을 바탕으로 이미지 너머의 이야기를 시작한다. 그러나 이때의 이야기는 이미지를 통해 '환기'되는 서사다. 사진이 주는 정보는 유한하지만 그 사진을 통해 환기되는 감각은 저마다 다르다. 민병훈의 소설은 무수한 이미지의 단위를 통해 수많은 장면을 만들고 그 장면을 통해 읽는 이로 하여금 자신의 서사를 환기하도록 한다.

느리고 또렷한 소설

그럼에도 세 편의 소설에는 모두 죽음이라는 사건이 공통적으로 놓여 있다. 가족의 죽음, 함께 일하던 동료의 죽음, 사고로 인해 발생한 승객들의 죽음. 죽음은 한순간 모든 것이 단절되는 사건이다. 연속적으로 이어지던 삶이 불연속적으로 중단되는 불가역적 사건이기도 하다. 죽음은 구체적인 사건으로서 화자에게 자신의 과거들을 재검토하게 하는 계기가 되거나 다가올 미래에 지속적으로 영향을 주는 계기가 되기도 한다.

　　그러나 죽음이 구체적이고 직접적인 사건의 역할만 하는 건 아니다. 은유로서의 죽음은 인생이 내포하는 불연속성을 드러내는 상징에 더 가깝다. 어제에서 오늘로, 오늘에서 내일로 이어지는 시간의 흐름 속에서 살아가고 있는 우리는 자신에게 찾아올 단절에 대해 생각하지 않는다. 그러나 반드시 그것은 발생하고, 그때 우리는 비로소 인생이 이토록 불안정하고 불연속적인 것이었음을 알게 된다. 죽음은 사건을 넘어 인생이라는 형식을 드러낸다. 불연속적인 이미지라는 방법론을 통해 불연속으로서의 인생이라는 주제를 드러낸다.

　　민병훈의 소설을 처음 읽었을 때 나는 그의 말을 알아듣고 싶었지만, 애초에 그건 불가능한 욕망이었음을 이제 안다. 「벌목에 대한 감각」에서 화자는 자신을 변호하거나 자신을 설명해야 할 때조차 기억보다 자료에 더 의지하는 유보적인 모습을 보인다. 그는 자신에게서 뒷걸음친다. 이것은 작가가 자신과 세계를 바라보는 태도와도 일치한다. 소설가로서 민병훈에게 '구성'이란 차라리 '죽음'을 의미한다. 민병훈에게 소설은 기억을 의심하고 기억에 저항하는 방식이다. 이미지는 기억과 싸우기 위해 그가 채택한 무기이자 그가 확신할 수 있는 실체적 형상이다. 이야기는 사라진다. 그러나 이미지는 사라지지 않는다. 이야기는 내가 구성한 것이지만 이미지는 나에게 찾아온 것이기 때문이다. 실존하는 고통은 구성되지 않은 이미지 속에 있다. 무의식의 재현은 실존하는 고통의 재현이다.

"새들의 세계에서 저음은 고음보다 더 멀리 퍼진다. 인간 세계에서 고통이 더 확산되는 것과 마찬가지다. 느린 소리는 빠른 소리보다 더 또렷하게 들린다."*

민병훈의 소설을 읽는다는 것은 누군가 쓴 글을 누군가가 읽는 시간이 아니라 원인과 결과를 이야기로 만들고, 그럼으로써 쉽게 단정하고 싶어 하는 욕망과 습관으로부터 벗어나 진짜 자기와 연결되는 시간이다. 진짜 자기와 연결되는 과정을 통해 우리는 비로소 자신을 발견할 수 있다. 그러나 이런 과정은 끊임없이 지체되는 과정이기도 하다. 솔직히 말하면 나는 이 저음의 소설이 널리 읽힐 수 있을 거라고 생각하지 않는다. 하지만 이 희귀종의 소설이 더 또렷하게 들리는 소리라는

---

* 파스칼 키냐르, 『눈물들』, 송의경 옮김, 문학과지성사, 2019, 21쪽.

사실 역시 의심하지 않는다. 이 글의 시작에서 나는 인간 민병훈에 대해 아는 것이 없다고 썼지만 그건 나 자신에게 하는 말에 더 가까웠던 것 같다. 나는 나에 대해 아는 것이 거의 없거나 아예 없다. 그것을 인정하고 나면 비로소 보이는 것이 있다. 나를 잃은 다음에야 나를 알게 되는 것은 경험적 문학성이 우리에게 주는 실천적 지성이자 지성의 실천이다. 불친절하고 불연속적인 감각이 나를 나 자신과 연결시켜주는 유일한 논리로 작용하는 세계, 이미지는 진술하고 서사는 침묵하는 멈춘 소설의 세계, 민병훈이 심연을 지배하는 작가의 자리 대신 선택한 것은 모두에게 그들의 자연을 돌려주는 작가의 자리다. 나의 자연과 당신의 자연이 만나는 성소에서 민병훈은 내가 아는 유일한 작가다.

트리플 12

겨울에 대한 감각
© 민병훈, 2022

초판 1쇄 인쇄일 2022년 3월 18일
초판 1쇄 발행일 2022년 4월 15일

지은이 · 민병훈

펴낸이 · 정은영
편집 · 김정은 정수향 정사라
마케팅 · 최금순 오세미 김현아 김하은 오경미
제작 · 홍동근
펴낸곳 · (주)자음과모음
출판등록 · 2001년 11월 28일
　　　　제2001-000259호
주소 · 경기도 파주시 회동길 325-20
전화 · 편집부 02) 324-2347
　　　경영지원부 02) 325-6047
팩스 · 편집부 02) 324-2348
　　　경영지원부 02) 2648-1311
이메일 · munhak@jamobook.com

잘못된 책은 교환해드립니다.
저자와의 협의하에 인지는 붙이지 않습니다.

ISBN　978-89-544-4822-2 (04810)
　　　　978-89-544-4632-7 (세트)